Le secret de Sylvina

Barbara Cartland est une romancière anglaise dont la réputation n'est plus à faire.

Ses romans variés et passionnants mêlent avec bonheur aventures et amour.

Barbara Cartland fête actuellement son 200ᵉ livre publié en français.

Vous retrouverez tous les titres disponibles dans le catalogue que vous remettra gratuitement votre libraire.

Barbara Cartland
Le secret de Sylvina

traduit de l'anglais par Robert DARIEGE

Éditions J'ai lu

Ce roman a paru sous le titre original :

LOST ENCHANTEMENT

© Barbara Cartland
Pour la traduction française :
© Librairie Jules Tallandier, 1978

1

Le marquis d'Alton broyait du noir et, de son valet de chambre à la dernière des filles de cuisine, tout le petit monde d'Alton Park, comme il se devait, en pâtissait.

Arrivé de Londres à l'improviste bien après minuit, il ne cessait de trouver à redire.

Le chef cuisinier, arraché à son sommeil, accomplit un miracle et prépara une collation en moins d'un quart d'heure. Mais Sa Seigneurie ne fit que grignoter, plongeant ainsi les cuisines dans le plus profond découragement.

Aussitôt entré dans l'immense salle à manger, il parcourut d'un regard critique l'argenterie étincelante impeccablement disposée à son intention et s'exclama :

– Pas de valets de pied, Westham?

Le vieux maître d'hôtel se fit humble pour expliquer l'anomalie :

– Comme j'ignorais que Votre Seigneurie allait nous honorer de sa visite, j'ai permis à quatre des plus jeunes domestiques de se rendre au village afin de s'entraîner avec les volontaires. J'ai cru de mon devoir de céder à leur zèle patriotique, monseigneur... (Quelques secondes s'écoulèrent. Encouragé, Westham poursuivit :)...

Qu'en est-il de la guerre, monseigneur? Les nouvelles nous parviennent mal dans cette région et le peu que nous savons ne laisse présager rien de bon. On dit que 1803 s'appellera dans l'Histoire l'année de l'invasion.

– Si l'invasion avait lieu, répondit le marquis d'une voix parfaitement neutre, je puis vous assurer, Westham, que nous refoulerions Bonaparte avec les armes disponibles.

Puis il se laissa distraire par la hure de sanglier garnie de pêches fraîches...

– Les volontaires, reprit alors le maître d'hôtel, n'aiment pas l'idée de se battre avec des piques, monseigneur.

Le marquis repoussa son assiette d'un geste excédé.

– Nous ne disposons pas de mousquets pour tous, Westham. Intelligemment utilisées, les piques peuvent devenir des armes redoutables.

Mais il ne parvenait pas à s'en convaincre lui-même. En outre, que l'on se serve de ses propres gens d'une telle façon ajoutait à son irritation. Bien sûr, il se garda d'exprimer son opinion et, une fois de plus, se contenta de maudire en secret l'administration d'Addington.

Refusant d'un geste les plats encore intacts, il se leva et se dirigea vers la porte.

– Un verre de porto? insista Westham.

Sa Seigneurie ne daigna pas répondre, fort consciente qu'elle avait consommé beaucoup trop de vin ce soir-là, ce qui, justement, expliquait en partie sa méchante humeur.

« Une quantité tout à fait exagérée », médita encore le marquis le lendemain, au terme d'une nuit agitée.

Certes on buvait et mangeait toujours trop à Carlton House, chez le prince de Galles, mais ce soir-là l'occasion était exceptionnelle. De nombreux invités titubaient en quittant la table.

Pas le marquis, bien sûr, que l'alcool avait rendu réceptif et qui avait complaisamment prêté l'oreille à lady Leone Harlington.

– Il y a longtemps que Votre Seigneurie ne m'a honorée d'une visite, avait-elle dit de sa voix suave qui avait tourné bien des têtes.

– Vous aurais-je manqué? avait demandé le marquis.

Lady Leone leva la tête en un geste gracieux que des pastoureaux de comédie auraient comparé au mouvement d'un cygne arquant son long cou blanc.

– Beaucoup, Justin. Quel malentendu a surgi entre nous?

– Mais aucun, que je sache.

– Allons... Essaieriez-vous de lutter contre l'inéluctable?

– L'inéluctable?

– Je veux vous épouser.

Bien que les libations aient quelque peu entamé sa perspicacité, le marquis avait parfaitement décelé l'implacable détermination sous la douceur de la voix.

Et plus tard, beaucoup plus tard, il s'était retrouvé sur un confortable sofa, Leone à ses côtés.

Au cours de la soirée qui avait suivi le dîner à Carlton House, elle ne l'avait pas quitté, aussi jalouse de lui qu'un soldat de son trophée conquis de haute lutte.

On avait bu, mangé à satiété et, bien qu'il restât conscient du piège, le marquis finit par se dire qu'après tout, Leone en valait une autre...

Ils se connaissaient depuis leur tendre enfance. Jeune homme, le marquis était devenu par son élégance, sa prestance et ses manières, le point de mire du beau monde et, de son côté, la comtesse, au sortir de l'école, était tout simplement devenue la coqueluche de la cour.

Même sur les différents théâtres d'opérations où il servit, le marquis entendit parler de ses escapades, de ses aventures et des mille et une façons dont elle défrayait la chronique.

De retour à Londres, après l'armistice avec la France, il la retrouva au faîte de sa splendeur. Il prit plaisir à flirter avec elle, mais ne fit aucune tentative pour prendre place dans le cercle de ses intimes. Ses innombrables conquêtes suffisaient à sa réputation. Il se déchaîna. En un rien de temps, on ne parla que de lui dans tous les clubs. On exagéra un peu, bien sûr. Mais si peu... Juste suffisamment pour défrayer la chronique.

Alors, il sombra dans le cynisme. La guerre lui avait appris à se battre pour vaincre. En temps de paix, il s'amusait à vaincre pour le plaisir. Mais un jour, il comprit qu'il allait se lasser et il se dit qu'en épousant Leone, tous deux feraient une belle fin. N'était-il pas grand temps que Leone se mariât? Elle ajouterait au titre et à la fortune des Alton la gloire d'avoir conquis le célibataire le plus convoité du pays.

Quant à lui, il subissait depuis longtemps toutes sortes de pressions. Il finissait par éviter son entourage qui l'ennuyait sans cesse à ce sujet. Mr Pitt lui-même avait fini par s'en mêler.

— Ce qu'il vous faut, lui avait dit l'ancien Premier ministre, c'est une femme.

— Une femme? s'était-il exclamé, surpris.

— Parfaitement, une femme. Voilà plus d'un mois que, de retour aux Communes, je vous ai demandé de démasquer les espions de Napoléon. L'un d'entre eux, surtout, me tient à cœur. L'avez-vous découvert? Non! Or, c'est aux femmes que l'on murmure des secrets sur l'oreiller...

— Je vous assure, sir, que je supporte déjà une bonne dose de commérages.

— Je veux bien le croire, mais je pense que, nanti d'une épouse, vous en apprendriez davantage et vous vous consacreriez mieux à votre tâche, sans perdre ainsi votre temps en conquêtes inutiles.

Le marquis avait d'abord éclaté de rire, puis avait repris son sérieux pour répondre :

— Je suis prêt, sir, à consacrer tout mon temps et toute ma fortune à tenter de résoudre vos problèmes mais, pour l'amour du ciel, n'exigez pas de moi que je m'embarrasse d'une tête de linotte que je devrais supporter le reste de mes jours!

Mr Pitt répondit en souriant :

— Je veux bien tenir compte de votre penchant pour le célibat, Alton, mais de votre côté n'oubliez pas la situation qui me préoccupe. J'ai la conviction qu'un traître gravite autour du gouvernement. Peut-être même fait-il partie d'un ministère. Mais lequel? L'Amirauté? La Guerre? Les Affaires étrangères?

— Vous reconnaissez donc que vous m'imposez une tâche difficile?

— Certes, mais faite pour vous. Cependant, je persiste à penser qu'une épouse vous seconderait utilement.

Ces dernières paroles revinrent à la mémoire du marquis lorsqu'il se retrouva sur le canapé en compagnie de Leone, dont les yeux brillaient d'une passion sincère.

— Justin, dit-elle doucement, nous formerions un si beau couple... Nous donnerions les soirées les plus élégantes de Londres, nous recevrions aussi à Alton Park. J'éprouve pour toi un... penchant irrésistible.

– Tu es belle, Leone, répondit le marquis, troublé par la moue sensuelle que dessinaient les lèvres de la comtesse.

Il voulut caresser son cou d'une blancheur immaculée.

Elle se rapprocha de lui et, en une fraction de seconde, ils se trouvèrent enlacés. Sans un mot, ils s'embrassèrent passionnément.

Mais au plus fort de son élan, le marquis entendit une petite voix intérieure lui demander à combien d'hommes la belle Leone avait offert sa bouche? Combien avaient tressailli au contact de son corps tiède? Combien encore avaient senti battre leur cœur en l'étreignant?...

Puis une vague de désir le submergea et, n'eût été l'incident inopiné qui survint alors, il eût peut-être prononcé les mots qu'elle attendait. Mais, de l'entrée, une voix forte appela :

– Leone, êtes-vous là?

C'était le vicomte Thatford. A regret, Leone repoussa le marquis.

– C'est Peregrine! s'exclama-t-elle d'une voix irritée.

Et lorsque son frère entra dans le salon, elle murmura tout bas à l'oreille du marquis :

– Justin, viens demain parler à père. Je t'attendrai.

C'est sur cette phrase que le marquis était parti pour la campagne de fort mauvaise humeur. Il avait la nette impression d'être tombé dans un piège.

Certes, il avait embrassé Leone, mais elle l'avait provoqué. Elle lui avait arraché un baiser afin qu'il prononçât des mots qu'il n'avait jamais adressés à une autre femme.

De retour à Berkeley Square, il avait retenu son phaéton le plus rapide, changé de vêtements et fui vers Alton Park. Là, loin des parfums de femmes, il respirerait celui des fleurs et, jouissant de la nature tout entière, il se contenterait de sa propre compagnie.

Mais, dès son arrivée, il s'en voulut de s'être laissé entraîner dans cette aventure. Ah! comme il se reprochait l'abus de vin, responsable de l'engourdissement de son cerveau! Que de toasts n'avait-il pas portés! A la Victoire, à l'écrasement des ennemis, à la chute de Napoléon, à la Marine, à l'Armée de Terre, aux volontaires! Des douzaines de toasts, et comme le prince lui-même les proposait, nul ne pouvait s'y soustraire.

Le lendemain matin le marquis se réveilla parfaitement lucide mais soucieux, car à Londres, Leone l'attendait déjà, le comte d'Harlington supputait les clauses du contrat et une cohorte d'amis se préparait à dire qu'une union si heureuse comblait leurs vœux.

– Au diable William Pitt! C'est sa faute!

Justin, cependant, ne parvenait pas à s'en convaincre. Le coupable c'était lui, car personne ne peut contraindre un homme à se marier. Pourquoi diable Leone réussirait-elle là où tant d'autres avaient échoué? Il connaissait ses intentions, la force de son charme. Pourquoi donc, la veille, s'était-il départi de sa réserve? Maintenant, elle l'attendait! Ce sourire fat sur le visage niais de lord Thatford, quel pénible souvenir!

D'après la rumeur publique, Thatford connaissait de sérieuses difficultés financières. Un riche beau-frère ne pouvait donc que lui plaire.

Les créanciers qui le pressaient se feraient cette fois un plaisir de différer leurs démarches, sûrs qu'ils seraient d'obtenir satisfaction. Le beau-frère le plus riche d'Angleterre! Pour le faire payer, Thatford n'hésiterait pas à faire de sa sœur une alliée sûre.

Toute la famille misait sur la beauté de Leone.

— Suis-je stupide! s'écria le marquis.

Westham qui, à cet instant, se tenait derrière lui réprima un sursaut.

— Vous disiez, monseigneur?
— Je réfléchissais à haute voix.

Le vieux maître d'hôtel soupira. Comme il savait que seuls des soucis peuvent être la cause d'une certaine nervosité après une nuit de sommeil, il devint soucieux à son tour. Que se passait-il? Sa Seigneurie, d'habitude, se contentait d'exploser.

Enfant, le marquis avait témoigné d'une généreuse nature; adulte, il s'était révélé difficile et arrogant.

Mais jamais morose... Un événement exceptionnel devait sacrément le contrarier.

Westham s'abstint, bien sûr, de poser la moindre question. Il se contenta de présenter les plats et, comme il le craignait, son maître les refusa d'un geste. Par contre, il but une longue rasade de cognac avant de s'en aller dans le jardin, tête nue sous le soleil.

« Quelque chose ne va pas » se répétait inlassablement Westham...

Le marquis fit quelques pas entre les parterres de fleurs que sa mère avait jadis dessinés avec tant de grâce, mais sans prêter la moindre attention aux tendres nuances des bourgeons ou à l'éclat des azalées qui se détachaient sur un fond de lilas blanc et mauve.

Les jardins d'Alton Park étaient réputés mais le marquis, replié sur lui-même et aussi déprimé qu'au temps où il devait rejoindre Eton à la fin des vacances, ne prêtait aucune attention à ces merveilles.

– Zut, zut, et zut! marmonnait-il sans cesse.

Ces jurons rythmaient ses pas, sans lui apporter le moindre soulagement. Il marcha longtemps, si absorbé qu'il n'aurait pu dire où il se trouvait, lorsqu'un cri l'arracha soudain à sa mélancolie.

Il s'arrêta net, tendit l'oreille... Il y eut un deuxième cri. Par exemple! Là-bas, une jeune fille courait sous les arbres dans sa direction!

– Au secours! Au secours! criait-elle.

Comme elle se rapprochait, le marquis distingua les deux sillons de larmes sous les grands yeux effrayés.

– A l'aide! Pour l'amour du ciel! Mon chien est tombé dans un piège! Je ne peux rien pour lui. Venez, je vous en prie!

– J'arrive, répondit le marquis.

Lorsqu'il l'eut rejointe, elle mit sa petite main dans la sienne et l'entraîna vivement. Il ne se souvenait pas d'avoir couru aussi vite depuis qu'il avait quitté l'université.

– Le voilà! dit-elle enfin en s'arrêtant à l'entrée d'une clairière.

Un petit épagneul geignait, une patte prise dans un piège rouillé. La jeune fille voulut le caresser, mais le marquis la retint.

– Ne le touchez pas! Il a peur et pourrait vous blesser. Il souffre tellement qu'il ne connaît plus personne.

– Libérez-le. Je vous en supplie.

Le marquis saisit le chien avec précaution et, avec son pied, ouvrit les mâchoires du piège.

– Merci. Merci, fit la jeune fille en tendant les bras vers le chien.

Mais le marquis ne lui rendit pas l'animal. D'abord, il examina la patte déchirée qui saignait. Le chien lui lécha la main.

– Sa patte est-elle brisée? s'inquiéta la jeune fille.

– Je n'en suis pas certain. Nous devrions le faire examiner par un vétérinaire. Je pense qu'il faut vite laver la plaie, car ce piège est rouillé.

– Comment peut-on se montrer cruel au point de dissimuler ces traquenards dans les bois? On ne devrait pas attraper les animaux de cette façon.

– Je ne crois pas qu'il y ait beaucoup de pièges dans ces bois, répondit le marquis.

Il se souvint alors que, cinq ans auparavant, il avait interdit l'usage des pièges sur ses terres.

– Il a suffi d'un seul! Nous étions si heureux, Columbus et moi... avant cet incident.

– Columbus? répéta le marquis en jetant un coup d'œil au chien qu'il portait.

– Oui... Je l'appelle ainsi à cause de sa curiosité. On m'a dit que Columbus vient de l'adjectif grec signifiant curieux. Mais je doute fort de cette étymologie!

Elle prit dans la ceinture de sa robe vert pâle un mouchoir avec lequel elle sécha ses larmes.

– Connaissez-vous le grec? demanda le marquis d'un air amusé.

– Un peu. Mais comment pourrais-je vous remercier pour avoir sauvé Columbus?

– Nous ne l'avons pas encore sauvé, et je vous répète que nous devons le faire examiner par quelqu'un de compétent.

– Y a-t-il quelqu'un au village? Je demanderai...

– J'ai une bien meilleure idée. Pas très loin

d'ici habite un homme très habile. Je le connais bien. Si nous lui portions Columbus?

— Je ne voudrais pas abuser... Vous avez déjà été si bon pour nous!

— Vous ne me dérangez pas, dit-il.

A ce moment, il remarqua pour la première fois la beauté délicate de la jeune fille. Deux immenses yeux verts, au regard à la fois espiègle et profond, illuminaient l'ovale parfait de son visage encadré par les flots d'une chevelure blonde vaporeuse, presque irréelle...

— Je vais porter Columbus, proposa-t-elle en ramassant son chapeau.

— Laissez-moi ce soin. Regardez : il n'a plus peur dans mes bras.

— Que vous êtes bon! Sans vous je ne sais pas ce que j'aurais fait. Je ne pensais pas qu'il puisse y avoir quelqu'un dans ce bois...

— Vous auriez sans doute fini par rencontrer un garde-chasse, mais il vous aurait alors accusée d'avoir pénétré dans une propriété privée sans en avoir le droit.

La crainte lui fit écarquiller les yeux.

— Sans en avoir le droit? Je n'y avais pas pensé. Quand je parcourais les forêts de Vienne en compagnie de mon père, personne ne nous l'interdisait. J'oubliais qu'en Angleterre les bois appartiennent à des seigneurs.

— Des seigneurs? Pas toujours! Mais il est vrai qu'en Angleterre chacun est maître chez soi. Ici, le mot propriété a une signification.

— Pour celui qui possède...

— Soit. De toute façon, vous avez pris plaisir à flâner dans le bois jusqu'à cet incident.

— Oh! oui! Je me suis beaucoup amusée. Vous ne sauriez imaginer le plaisir que j'éprouve à me promener seule parmi les arbres. Là, j'essaie d'oublier... ou mieux de me souvenir des histoires que me racontait ma mère quand j'étais petite fille. En ce temps-là, nymphes, dragons et chevaliers errants peuplaient les bois... (Elle s'interrompit un instant, comme s'il lui venait une idée, puis elle poursuivit :) en quelque sorte, vous êtes vous-même un chevalier errant venu me secourir. N'est-ce pas merveilleux?

— Je suis flatté, répondit le marquis en souriant.

— Mais ne comprenez-vous pas? Je viens précisément de vivre un des contes de ma mère. Je mourais de peur pour Columbus et, soudain, vous êtes apparu! Il ne vous manque que le cheval.

— Veuillez me pardonner cet oubli. Mon cheval n'était pas disponible.

— Et comme vous êtes en quête de fortune et de renom, vous ne pouvez vous en offrir un autre. Mais vous vous êtes précipité à mon secours. Sans armure, il est vrai. En l'occurrence, une armure eût été encombrante...

— Et bruyante! C'est incontestable, ajouta-t-il.

Ils se mirent à rire tous les deux, le marquis remarqua alors une charmante fossette qui se creusait sur chacune des joues de la jeune fille, tandis qu'une lueur de malice traversait son regard.

— Je vous interdis de gâter mon histoire.

— Soit. Je ne le ferai plus. Maintenant, dites-moi pourquoi vous aimez tant les bois.

Comme pour mieux réfléchir, la jeune fille pencha la tête de côté.

— Je crois qu'il existe des endroits vers lesquels, d'instinct, nous nous sentons attirés. Certains se sentent bien près de la mer, d'autres gravissent les montagnes, mais tous obéissent à une inclination profonde, de nature spirituelle. Moi, j'aime les bois, j'appartiens au monde des arbres. Cette forêt m'enchante.

Le marquis regarda autour de lui, se vit entouré de bouleaux blancs dont les feuilles vert pâle formaient une voûte très haut au-dessus de leurs têtes. Les rayons de soleil s'y brisaient et leurs éclats, çà et là, jouaient sur la mousse du sentier.

— Vous ressemblez à une nymphe des bois. Sans votre chapeau, vous vous confondriez presque avec la végétation.

— Mes parents l'ont pressenti en choisissant mon nom.

— Vraiment?

— Oui. Je m'appelle Sylvina. Savez-vous ce que cela signifie?

Le marquis fronça les sourcils.

— Serait-ce du grec?
— Non.
— Du latin?
— Oui. Devinez, maintenant...
— Fille de la forêt?
— Bravo! Mais peut-être le saviez-vous?
— Et votre nom de famille?

A sa grande surprise, la jeune fille détourna la tête, puis elle dit :

— Je vous en prie, ne me posez pas cette question. Aujourd'hui, je me consacre aux arbres et j'oublie les raisons de ma présence ici. Je veux être seulement Sylvina.

— Soit. Je respecterai votre volonté. Dans ce bois, ne soyons que nous-mêmes. Mais, si cela vous intéresse, sachez que je m'appelle Justin.

Elle tourna vers lui ses yeux lumineux.

— C'est parfait. Seul un vrai chevalier errant

peut s'appeller Justin. Merci, Justin, d'avoir sauvé Columbus.

Mais déjà ils atteignaient la lisière du bois. Devant eux s'étendait un champ au delà duquel commençait Alton Park, scintillant de toutes ses vitres et de toutes ses pièces d'eau.

– Il s'agit... sans doute... d'Alton Park, fit la jeune fille d'une voix empreinte d'effroi.

– En effet. Quelle beauté, n'est-ce pas?

– L'endroit... où habite le... marquis d'Alton.

– Exactement.

– Je ne peux continuer dans cette direction. Je ne peux...

– Je me proposais seulement de vous conduire chez quelqu'un qui s'occupe de la propriété. Au fait, pourquoi refuseriez-vous de visiter un si beau domaine?

– Je sais... que le marquis... n'est pas chez lui. Je crois même qu'il vient rarement. Pour rien au monde... je ne voudrais... Je ne peux vous expliquer. Je vous en prie, donnez-moi Columbus et montrez-moi le chemin du village.

– Un instant, Sylvina. Rien à Alton Park ne saurait vous nuire, je m'en porte garant. En ce qui concerne le marquis, pourquoi le craignez-vous? Le connaissez-vous?

– Pas vraiment.

– Donc, vous avez entendu parler de lui.

La jeune fille l'intriguait de plus en plus. Qui diable avait pu rapporter des médisances à cette exquise créature inconnue du grand monde?

Sa robe était jolie, mais quelconque. Quant à sa coiffure, elle était bien démodée.

– Que vous a-t-on raconté sur le marquis?

– Il paraît... il paraît... qu'il est obstiné, impitoyable, et surtout qu'il dispose d'un certain don de double vue!

– Pardon? D'où tenez-vous ces renseignements?

– Je n'aurais jamais dû vous faire cette confidence. Quelle présomption que la mienne! Parler ainsi du marquis! Mais je crois qu'il est vieux et... terrible... Pour des raisons que je ne peux vous confier, il faut que je rentre au village!

– Vous ne craignez pas de traiter Columbus un peu à la légère?

Le marquis s'étonna devant son regard craintif.

– Loin de moi cette pensée, dit-elle d'une voix tremblante, mais je ne peux me rendre à Alton Park.

– J'ai peut-être une solution, mais il faut que vous me fassiez confiance.

– Vous faire confiance? Bien sûr. N'avez-vous pas sauvé Columbus?

– Ecoutez-moi : vous allez regagner le bois et m'attendre près d'un arbre abattu que je vous indiquerai. Pendant ce temps, je m'occuperai de Columbus que je vous rapporterai ensuite, une fois soigné.

Et comme Sylvina semblait hésiter, il ajouta :

– Ce pauvre chien risque un empoisonnement du sang...

– Certes, certes. Feriez-vous vraiment tout cela pour moi?

– Ne vous ai-je pas donné ma parole? Ne suis-je pas votre chevalier errant? Ne dois-je pas me conduire comme tel?

L'allusion parut sans doute trop cavalière à la jeune fille, car ses joues rosirent et son regard se troubla.

– Si vous m'assurez que je n'abuse pas de votre bonté, je ferai ce que vous me conseillerez, répondit-elle avec dignité.

Le marquis lui montra donc l'arbre abattu, à demi recouvert de lierre où, enfant, il venait s'asseoir et rêver, quand il échappait à ses précepteurs.

– Je ne m'absenterai pas plus longtemps que nécessaire, promit-il.

– Je vous attendrai, en pensant à la bonne fortune qui m'a placée sur vos pas en un moment critique.

Le marquis s'éloigna, se rendit tout droit chez l'homme qu'il connaissait et, moins d'un quart d'heure plus tard, il reprit le chemin de la forêt. N'avait-il pas rêvé? Allait-il vraiment revoir la nymphe des bois? S'il n'avait remarqué une tache de sang sur le revers de sa veste de whipcord, il en aurait presque douté.

En revenant sans faire de bruit, il prit le temps de l'observer.

Elle l'attendait, le visage tourné vers le cœur de la forêt. Son profil se détachait sur le feuillage et, l'œil fixe, les lèvres entrouvertes, elle semblait goûter cette extase qui naît de la solitude au plus profond de la nature.

C'est alors que le marquis remarqua pour la première fois sa petite taille. A peine la tête blonde de la jeune fille arrivait-elle à la hauteur de sa poitrine. Lorsqu'elle bougea, ses doigts menus évoquèrent la grâce et la vivacité d'un oiseau.

– Déjà de retour!

Elle sauta à terre, courut à sa rencontre, puis s'arrêta net, affolée de le voir seul.

– Columbus? Où est-il? Que lui est-il arrivé?

– Il se porte au mieux. L'homme qui le soigne m'a dit que les muscles de sa patte sont déchirés, mais que les os, en revanche, sont intacts. Il a donc pansé la plaie, puis administré un calmant à Columbus qui, maintenant, devra se reposer une heure environ. Ensuite, vous pourrez le reprendre.

— Guérira-t-il?

— Je vous assure qu'il n'est pas gravement blessé. Il a eu beaucoup de chance. Le piège aurait pu le tuer. Mais dans deux ou trois semaines, il n'y paraîtra plus.

— C'est merveilleux! Comment pourrais-je vous remercier?

— En me permettant de vous tenir compagnie jusqu'au moment où j'irai chercher Columbus. Aimeriez-vous que je vous montre, au milieu de la forêt, une mare où, le soir, les cerfs viennent s'abreuver? On dit même que les promeneurs qui ont l'oreille particulièrement fine peuvent y entendre des accords de la flûte de Pan.

— Vraiment? J'accepte de grand cœur! dit-elle en battant des mains. Avez-vous, vous-même, entendu la flûte de Pan? Pas moi... Je le voudrais tant! Entendre la flûte de Pan et voir l'oiseau bleu!

— L'oiseau bleu?

— Ma mère disait que les dieux envoient aux gens vraiment heureux un oiseau bleu qui leur chante les félicités inconnues des simples mortels. Seul l'oiseau bleu sait reconnaître le véritable amour.

— Pensez-vous que nous verrons l'oiseau bleu, un jour?

La jeune fille rougit.

— Non. Ne vous méprenez pas sur le sens de mes paroles. Je ne faisais que raconter une légende. J'ai maintenant l'impression d'avoir dit des sottises.

— Pardonnez-moi. Je vous taquinais.

— Mon frère aime beaucoup me taquiner. J'ai

vécu si longtemps seule qu'il m'arrive souvent d'exprimer tout haut ce que je pense. Je sais que je ne devrais pas le faire, car on se méprend sur le sens de mes paroles et j'ai honte.

— Pour ma part, je trouve votre candeur simplement exquise. Dire ce que l'on pense et non ce que l'on doit dire, quelle chose rare!

— Je voudrais bien vous croire, pourtant Mr Cu... non... mais il existe des... gens qui prétendent que je dois discipliner mon langage et m'efforcer de devenir une dame. Mais je n'aime pas le monde et je ne veux pas devenir une dame. Je déteste la société.

— Pourtant, la société vous ferait fête. Vous êtes belle, et le grand monde rend hommage à la beauté.

— Vous me taquinez encore. Vous savez bien que je ne suis pas belle et vous voyez à quel point je manque de savoir-vivre. J'ai fait cette robe moi-même. Les dames trouveraient sa coupe ridicule. De toute façon, je refuse d'aller à Londres, en dépit de certaines personnes qui...

— Voudraient vous y contraindre? acheva le marquis.

— Aujourd'hui, je vous prie, oublions toutes les laideurs du monde. Ne pensons qu'aux arbres.

— A votre aise.

— Justin, oublions un court moment que bientôt nous devrons revenir sur nos pas. Conduisons-nous comme si rien d'autre n'existait au delà de ce bois, comme si nous devions vivre ici toute l'éternité.

— Toute l'éternité?

— Oui! Que ne puis-je m'allonger sur la mousse au pied d'un grand arbre, ne jamais retrouver le monde, et un jour, peut-être me relever pour m'apercevoir que je suis devenue vieille.

— Il existe sans doute une façon moins difficile de résoudre vos difficultés, suggéra le marquis.
— Non, je ne le crois pas.
— Il arrive parfois que nous nous jugions aussi malheureux que Columbus pris au piège, mais pour peu que nous le voulions, nous finissons par trouver une issue.
— Par pour moi... il n'y a pas d'issue.
— Quelle résignation!
— J'ai beaucoup réfléchi.
— Pas assez, sans doute, Voulez-vous que je vous aide? Je passe pour quelqu'un qui sait venir à bout des difficultés.

Elle leva les yeux vers lui et l'expression qu'il lut sur son visage l'émut profondément.
— J'aimerais que vous m'aidiez, Justin, mais la réflexion n'est pas suffisante pour me tirer d'affaire. De toute façon, il n'y a pas de solution.
— Je vous en prie, laissez-moi vous aider.

Il insistait lorsqu'elle l'interrompit :
— Oh! regardez, regardez!

Ils venaient d'atteindre l'étang. Entouré d'arbres, bordé de boutons d'or et délicatement éclairé par une douce lumière qui filtrait à travers les arbres, il s'en dégageait une paix étrange et presque mystérieuse.

Le marquis sentit une petite main se glisser dans la sienne.
— Merci, Justin, de m'avoir conduite ici...

2

Sylvina s'assit sur un banc moussu au bord de l'étang.

— Attendons un peu, dit-elle en tirant sa robe sur ses chevilles. Peut-être les cerfs viendront-ils boire...

Le marquis s'allongea sur la mousse. Le soleil jouait sur ses bottes à la Souvarov. Sylvina, les yeux grands ouverts et les poings crispés sur sa poitrine, incarnait la curiosité candide de l'enfant qu'on emmène au spectacle pour la première fois. Le marquis l'observait avec une attention que ses amis n'auraient pas reconnue. Ses yeux n'exprimaient aucun ennui, ses lèvres étaient détendues et nulle ride ne barrait son front.

Le vent froissait doucement les feuilles et les cimes des arbres murmuraient. Les pigeons des bois roucoulaient et, au loin, un coucou chantait.

Soudain, comme pour répondre au vœu de Sylvina, un daim apparut entre les arbres. Une fois près de la berge, il immobilisa son cou gracile, figea son doux regard et attendit quelques secondes avant de se pencher vers l'eau.

Un instant après, il disparut à travers les arbres avec la rapidité d'un cheval de course.

— Qu'il était beau! s'écria Sylvina, en extase.
— Très beau, en effet, convint le marquis.

Mais il trouvait plus beaux encore les cheveux blonds de la jeune fille que le soleil transformait en halo de lumière.

Le sentant ému, Sylvina détourna la tête.

— Je pense que nous devrions rentrer, dit-elle dans un souffle.

— Rien ne presse vraiment. Plus Columbus se reposera, mieux il se portera.

Mais Sylvina se leva d'un bond.

— De toute façon, je crois que nous devons rentrer.

— Auriez-vous peur?

— Pas de me trouver seule en votre compagnie, mais de ce que d'autres pourraient penser.

— Qui le saura? N'est-il pas vrai que nous venons de voler à l'éternité un rare moment d'enchantement? Puisque nous ne nous connaissons pas, décidons d'ignorer les autres! Disparaissons! Pourquoi pas?

Sylvina éclata d'un petit rire sans appréhension.

— Allons, venez, insista Justin. Je me propose de vous montrer autre chose.

Elle voulut refuser, mais ses mots ne franchirent pas ses lèvres. Par la main, il l'entraîna loin de tout sentier. Bientôt les arbres s'espacèrent et firent place à des massifs de rhododendrons géants, blancs et pourpres.

— Où m'emmenez-vous, Justin?

— Avez-vous jamais imaginé endroit plus beau?

— Jamais! En rêve... au ciel, peut-être... mais sur terre, jamais.

— J'ai omis de vous le dire : je suis un magicien et vous ai lancé un charme dont vous ne vous

plaindrez pas, j'ose l'espérer... Fermez les yeux.
— Quelle sorte de charme?

Ses longs cils se rejoignirent sur la peau diaphane de ses paupières. Sa petite main frémit dans celle de Justin.

— Surtout n'ouvrez pas les yeux avant que je vous le dise.

Il la guida quelques pas encore, puis ouvrit la main.

— Abracadabra! Ouvrez les yeux, maintenant.

Sylvina vit alors un temple grec d'un blanc de perle dans un bosquet de rhododendrons incarnats.

— Ce temple provient-il vraiment de Grèce? dit-elle d'un ton où la crainte se mêlait au respect.

— Vraiment. Mon grand-père l'a rapporté lui-même, il y a une centaine d'années. Cet endroit n'est-il pas digne des dieux et des déesses de l'Olympe?

— Tout à fait.

— Le charme ne s'arrête pas là, Sylvina. Entrons.

Ils franchirent les colonnes du temple et découvrirent alors une table chargée de toutes sortes de mets délicats disposés sur une nappe blanche.

— Par exemple! murmura Sylvina. Des verres de cristal, des bouteilles de vin au frais dans un seau à glace! Que signifie tout ceci?

— Que nous pouvons nous restaurer. Souhaitons que ces mets soient dignes de leur cadre. Je pense le plus grand bien de ce vin.

— Comment tout ceci est-il arrivé?

— Ne vous ai-je pas dit que j'étais magicien?

— Vous avez commandé ce festin lors de votre déplacement pour faire soigner Columbus.

– Vous comprenez vite. Je ne croyais pas votre esprit si pratique. Ne pouvez-vous accepter les cadeaux du ciel sans vous poser de questions?

Les deux petites fossettes reparurent.

– Je ne suis pas ingrate à ce point. Peut-être ne devrais-je pas l'exprimer si brutalement : tant pis! Justin, j'ai très faim.

– Asseyons-nous donc.

Mais, sur le point d'obéir, Sylvina s'arrêta net.

– Ce temple... cette nourriture... tout cela n'appartient-il pas au marquis d'Alton?

Le marquis s'accorda le temps de bien peser ses mots.

– L'un et l'autre m'appartiennent.

– J'en suis fort aise, Justin. L'idée de devoir quoi que ce soit au marquis me ferait horreur.

– Pourquoi le détestez-vous à ce point? Si j'ai bien compris, vous ne l'avez jamais rencontré.

– A Dieu ne plaise! N'en parlons plus. Son seul nom me donne un frisson de frayeur.

– A ce point?

– Je ne peux vous en dire davantage. De grâce, Justin, laissez-moi oublier ma peur en votre compagnie. Avec vous, je me sens heureuse, heureuse comme je ne l'ai pas été depuis longtemps, comme... si vous aviez tué le dragon qui me per... per... sécutait...

– Sylvina, permettez-moi de vous aider.

Il lui prit la main, elle leva les yeux et leurs regards se rencontrèrent. Mais soudain, Sylvina détourna la tête.

– Non... je ne peux pas. Je ne peux rien vous dire. De toute façon, vous ne pourriez m'aider.

Sur le point d'insister, le marquis décida de n'en rien faire, car il devinait la jeune fille au bord des larmes. Il prit donc une bouteille dans le seau à glace et, l'enveloppant d'une serviette de damas, il emplit les verres.

– Nous avons faim, faisons honneur à cette modeste collation. Je souhaite qu'elle vous convienne.

– Qu'elle me convienne? Il y a sur cette table de quoi satisfaire l'appétit de douze personnes au moins!

– Que puis-je donc vous offrir? Commencerons-nous par ce pâté de foie gras? Le nom de ce mets est par trop prosaïque à mon goût. A ce décor conviendraient mieux des langues de paon ou du cœur d'aigrette.

– Je ne peux croire que les dieux se complaisent à des raffinements gastronomiques aussi cruels.

Elle fit honneur à l'assortiment que lui composa le marquis, puis à petites gorgées, elle dégusta un verre de vin qui dissipa bien vite ce qui subsistait encore de ses appréhensions. La beauté des arbustes en fleurs, la perfection du temple, le chant des oiseaux et le bourdonnement des abeilles formaient certes une harmonie propre à combler une âme sensible au merveilleux, mais Sylvina cédait aussi au charme de l'amphitryon.

– Savez-vous, Justin, que, mon frère excepté, vous êtes le premier homme avec lequel je dîne en tête-à-tête?

– J'en suis très honoré.

– Nulle réception au monde ne vaut à mes yeux le moment que je vis. Jamais je ne m'étais rendu compte à quel point il est facile de s'exprimer hors de la présence d'un tiers.

– A vous entendre, il semble qu'on vous chaperonne souvent, sauf lorsque vous vous promenez dans les bois, bien sûr.

– Cette escapade vous paraît-elle inconvenante?

– Sinon inconvenante, du moins inhabituelle chez une jeune personne.

– Sans doute, mais personne ne s'est proposé pour m'accompagner, et j'avais très envie de sortir Columbus.

– Où habitez-vous?

Sylvina, jusque-là détendue, se retrancha de nouveau derrière ses secrets.

– Pardonnez-moi, s'empressa d'ajouter le marquis. Je n'aurais pas dû vous poser cette question. J'ai rompu notre pacte. Parlez-moi plutôt de votre amour pour la nature.

– Etes-vous un passionné de la nature, vous aussi? Sans doute, puisque vous vous promenez sans chapeau et sans canne. En ville les messieurs ne se déplacent qu'en voiture ou à cheval.

– Vraiment?

– Je vous l'assure, rétorqua Sylvina. Dans Rotten Row on ne voit que phaétons, cabriolets et attelages à quatre. De belles bêtes, effectivement, mais je sais qu'elles seraient plus heureuses à galoper dans la campagne.

– Que se passe-t-il d'autre à Londres? s'enquit le marquis.

– Lorsque la brume monte du fleuve, il fait froid et humide. Les rues sont sales et les enfants qui y jouent ont faim et sont couverts de haillons. Les nobles passent sans les voir... Quant aux gens ordinaires, comme moi, ils se sentent seuls et s'ennuient. C'est pour rompre la monotonie de cette vie que j'ai voulu me promener dans cette forêt, même sans permission.

– Cette permission, je vous l'accorde, pleine et entière.

— Parlez-vous sérieusement?
— Bien sûr.
— Je n'oublierai jamais ce somptueux cadeau, jamais, même si je ne reviens plus ici!
— Pourquoi dites-vous cela? La forêt vous attendra.
— Je la porterai toujours dans mon cœur. Je me rappellerai le daim venu s'abreuver à l'étang, les ramiers roucoulant dans les arbres et le délicieux sentiment de sécurité que j'ai éprouvé...

Le marquis retint difficilement la question indiscrète qui lui vint aussitôt à l'esprit et préféra une remarque plus anodine :

— Vous semblez vous prédire un sombre avenir. Etes-vous une diseuse de bonne aventure?
— Pas à la façon des gitanes, mais j'ai parfois, comme on dit, le don de double vue. Ma mère était écossaise et la septième d'un septième enfant. Je tiens d'elle certains pouvoirs.
— Qu'entendez-vous par là?
— Quelquefois face à certaines personnes, je devine leur nature.

Elle s'interrompit quelques secondes, puis enchaîna :

— Cela m'est arrivé il y a quelque temps. J'ai vu d'emblée à qui j'avais affaire.
— Mais encore?
— Il était méchant, mauvais! Non pas lorsqu'il parlait, mais dans sa façon de se comporter. Une aura de malheur émanait de lui!

Et, de nouveau, la terreur parut dans son regard.

— Cet homme, ne pouvez-vous l'éviter?
— Non, je ne peux pas.

Au prix d'un grand effort le marquis s'abstint de poser la question qui lui brûlait les lèvres. Peu à peu, en douceur, il essaya de comprendre, conscient qu'au moindre faux pas, Sylvina lui échapperait avec la promptitude d'un cerf surpris.

– Dites-moi ce que vous ressentez, dit-il alors.

La jeune fille ferma les yeux comme pour se retirer en elle-même, puis elle leva son visage vers lui :

– Vous parlerai-je de vous?

– Ce sujet passionne l'univers. Allez-y!

– Dès que vous avez sauvé Columbus, j'ai su que vous étiez bon. Vous obtenez à juste titre la confiance des hommes, des femmes et des animaux.

– Ainsi s'explique que j'ai mérité la vôtre.

– Vous étiez un chevalier volant à mon secours. Sans qu'il fût nécessaire que vous le confirmiez, je savais que vous vous comporteriez en ami. Pourquoi? Je l'ignore. Mais dès que je vous ai vu, je me suis sentie en parfaite sécurité et je vous aurais suivi au bout du monde sans la moindre appréhension.

– Merci, dit-il en souriant. Jamais on ne m'a adressé propos aussi flatteurs.

– Il ne s'agit pas de flatterie, mais de la stricte vérité, rétorqua-t-elle d'une petite voix. Je puis encore vous dire autre chose, si vous voulez bien m'absoudre à l'avance de mon impertinence.

– J'accepte avec joie tout ce qui me viendra de vous... Ne sommes-nous pas amis?

Sylvina le regardait, mais déjà ne le voyait plus...

– Je pense, fit-elle, qu'une personne très proche, que vous aimiez et respectiez, vous a profondément blessé. Comme cette déception vous gêne, vous la dissimulez sous une carapace de feinte indifférence. Je ne sais si je m'explique? Je sens... comment dire?... que vous retenez votre bonté, celle que votre nature vous pousse à dispenser aux autres, celle encore dont Columbus et moi avons profité. Parfois, vous êtes amer et dur, mais votre cœur reste noble et bon.

— Comment pouvez-vous parler ainsi! s'exclama-t-il.

Sylvina eut en direction du ciel un petit geste nonchalant.

— Ai-je vu juste?
— Je crois, mais je voudrais comprendre votre don de clairvoyance.

Pendant un court instant, il craignit de se trouver face à une espionne consommée usant de son art pour lui extorquer des secrets. Mais il chassa bien vite cette idée, car nul artifice au monde ne pouvait donner au mensonge la candeur et l'innocence de Sylvina.

— Poursuivez, je vous en prie.

Elle détourna son regard et se troubla.

— Non. Je ne veux pas continuer.
— Essayez et dites-moi ce que vous découvrez, insista-t-il.

Maintenant, il brûlait d'apprendre ce qu'il ignorait.

— Je sens quelque chose, mais je ne souhaite pas vous le révéler.
— Je vous en prie! supplia-t-il.
— Papa me désapprouverait. Mais enfin, j'ai un jour aidé de cette façon une personne qui m'en a su gré... Confiez-moi un objet que vous portez sur vous.

De son gilet, le marquis ôta la montre munie de sa breloque et la tendit. Elle était tiède et, lorsqu'il la déposa dans la main de la jeune fille, le froid de glace de ses doigts le surprit.

Sylvina ferma la main.

– Vous êtes soucieux... soucieux et un peu en colère, aussi. Dans votre entourage, je vois une femme. Elle ne vous aime pas, mais elle attend quelque chose de vous. Elle peut faire du mal et rouvrir de vieilles blessures à peine cicatrisées. Fuyez-la...

Soudain, sa voix se fit dure.

– Elle tentera de vous prendre dans un piège. Elle est belle, très belle, mais vous devez la fuir car elle a le pouvoir de vous faire souffrir.

Après un silence le marquis demanda à Sylvina de poursuivre.

– Vous cherchez quelque chose... quelque chose ou quelqu'un. L'anxiété vous dévore. Vous ne rencontrez que le vide, l'obscurité... et le sang, le sang! Vous êtes en danger!

A ces mots, elle ouvrit les yeux et sursauta.

– Je ne peux aller plus loin. J'ai horreur du sang. Lorsque j'en vois, je sens le mal tout proche. Le sang est signe de violence, de haine et, enfin, de souffrance... De tout mon cœur, je souhaite m'être trompée.

Elle devint très pâle et sa voix se brisa.

Le marquis servit du vin et lui tendit un verre.

– Buvez un peu, je vous en prie.

Sylvina obéit et presque aussitôt retrouva ses couleurs.

– Oubliez ce que je vous ai dit. Je n'aurais pas dû essayer, je le sens. Je me suis trompée, j'en suis sûre.

– Vous tentez de me rassurer. A quoi bon? Nous savons l'un et l'autre que vous n'avez vu que la vérité.

– Une vérité bien confuse! Je n'ai pas distingué la personne que vous recherchez.

– M'avez-vous décrit votre vision exacte?
– Tout à fait!

Mais elle répondit bien trop vite.

– Je ne le crois pas, Sylvina. Vous me cachez quelque chose. Pourquoi? Avez-vous peur de cette révélation?

– J'ai tout dit, tout.

– Non. Je veux la vérité. Je vous assure que je suis assez courageux pour la supporter, quelle qu'elle soit.

– Il ne s'agit pas de cela.

– De quoi donc? Q'est-ce qui pourrait être pire que ce que vous m'avez déjà confié?

– Je vous en prie...

Elle joignit les mains, en un geste de supplication, mais le marquis parvint à s'endurcir au point de ne pas céder.

– La vérité, Sylvina! Ne comprenez-vous pas qu'il m'est impossible de me perdre en conjectures à l'infini sur votre secret? Vous êtes allée trop loin. Dites-moi ce que vous avez vu.

Sylvina baissa la tête puis, d'une voix à peine audible, se libéra de son secret :

– Je vous ai vu d'abord à la poursuite d'un homme; vous vouliez le remettre à la justice, mais vous étiez aussi décidé à le tuer. Vous ressembliez au génie de la vengeance.

– Décrivez-moi cet homme.

– Je n'ai pas distingué ses traits, je vous le jure. Il essayait de vous échapper, mais n'y parvenait pas.

Elle porta les mains à son visage et le marquis comprit qu'elle pleurait.

– Pourquoi pleurez-vous? En quoi ces événements vous concernent-ils? Ce que vous venez de me dire forme à mes yeux un ensemble cohérent mais qui ne saurait en rien vous affecter...

— Pourquoi? Je l'ignore... L'homme que vous poursuiviez n'était peut-être qu'un braconnier ou un intrus comme moi-même. Ce qui est plausible, vous habitez la campagne. La scène ne se situait pas à Londres et ne présentait donc aucun rapport avec les événements qui s'y déroulent.

— Vous avez raison. Dans cette région, les braconniers sont une plaie. Peut-être aussi s'agissait-il d'un voleur de grand chemin? Depuis des années, on en recherche un, responsable de l'insécurité de ces parages... Rien de tout cela ne saurait justifier vos pleurs.

— Il se peut aussi que j'aie confondu votre vie avec une autre. L'avenir contredira sans doute mes prédictions, je le souhaite de tout cœur.

— Moralité de cette histoire? Ne dites jamais la bonne aventure aux messieurs trop curieux!

Sylvina éclata de rire, mais entre ses cils scintillaient encore quelques larmes.

Le marquis lui tendit son mouchoir parfumé de lavande. Elle l'accepta et s'essuya les yeux.

— Je meurs de honte. Papa m'a toujours dit que les messieurs ont horreur des crises de nerfs. Or, comment vous ai-je remercié? Par une crise de nerfs.

— N'exagérez pas. Après une petite ondée le soleil semble toujours plus éclatant.

— Vous devenez poète, Justin. A Londres, vous auriez un succès fou auprès des dames qui adorent les compliments.

— M'imaginez-vous dans ce rôle?

— Non. Lorsque j'ai fort imprudemment essayé de pénétrer vos pensées, je m'attendais surtout à y découvrir des chevaux et des chiens, car Columbus vous a d'emblée accordé sa confiance.

— Je possède des chiens et des chevaux, en

effet. Quelque chose me dit que vous êtes bonne cavalière.

— On le prétend. Mon père a particulièrement veillé à cette partie de mon éducation. Je pratique l'équitation depuis l'âge de quatre ans et, même à cette époque, je ne montais pas un poney docile mais une bête pleine de feu qui eût mieux convenu à un garçon de quinze ans.

— Nous ferons une course. Il y aura un prix pour le vainqueur! Pourquoi pas une autre journée enchanteresse comme celle-ci?

— Je ne pourrais imaginer de plus beau prix. Maintenant, il faut songer à nous séparer. Je dois rentrer. Mais soyez sûr que je me souviendrai de ces instants merveilleux.

Elle quitta la table, descendit les degrés du temple et s'arrêta face à la haie de rhododendrons.

— Justin, que faites-vous chaque jour dans ce bois merveilleux? Quand je serai loin, il me plaira de penser à vous. Je vous imaginerai vous promenant tête nue au soleil, à cheval, surveillant vos récoltes, caressant vos chiens...

— Vous venez de décrire la vie que je rêve de mener.

— Je l'ai deviné, ne put-elle s'empêcher de répondre avec une note de triomphe dans la voix.

Le marquis la rejoignit et par un chemin plus court que celui qu'ils avaient emprunté pour venir, il la reconduisit à l'orée de la forêt.

Un cabriolet attendait non loin de là.

— Montez, Sylvina. Columbus vous y attend. Traitez-le avec douceur et il guérira. Demain, je viendrai prendre de vos nouvelles.

— Merci, merci! Sans vous, sa blessure aurait fait de lui un infirme pour le restant de ses jours.

J'ai peine à imaginer ce qui serait advenu si vous ne vous étiez trouvé là.

— Mais j'étais là et Columbus guérira. Espérons que la chance sourira pareillement à sa maîtresse.

— Vous souviendrez-vous de cette journée, Justin?

— Quelle question! J'ai passé en votre compagnie des moments inoubliables.

— Puissiez-vous dire vrai! Maintenant, il faut... il faut que je parte.

— Je suppose que vous ne souhaitez pas que je vous accompagne jusqu'à la voiture, à cause des commérages éventuels?

— Vous pensez aussi à ma réputation! Que vous êtes bon!

Elle lui tendit la main. Il la baisa délicatement. Pendant quelques secondes. Sylvina, grave et pensive, se tint immobile. Puis elle retira sa main et s'enfuit en courant vers le cabriolet.

Justin la regarda jusqu'au dernier moment. Elle sauta dans la voiture. Il pensa la voir apparaître à la fenêtre, mais en vain.

Le cocher fouetta les bêtes.

Qui était-elle? se demanda Justin, un long moment après. Qui craignait-elle tant? Pourquoi avait-elle pleuré en évoquant ses fantasmes? Tout cela le troublait, l'intriguait même.

Il reprit le chemin du château et essaya de sortir de ce rêve envoûtant.

Toute trace de colère avait disparu et avait fait place, en lui, à une immense curiosité.

3

— Si tu me tires encore les cheveux, grosse bête, je te giflerai! s'écria lady Leone.

La jeune paysanne qui ne connaissait pas encore les habitudes du grand monde se mit à trembler de tous ses membres.

Mais à cet instant, précédé d'un petit coup sec à la porte, entra le vicomte Thatford.

— Ah! vous voilà, Peregrine! persifla lady Leone. Je me demande bien ce qui me vaut votre visite. Comme s'il ne suffisait pas d'être coiffée par cette sotte! tout cela parce que papa ne peut m'offrir une soubrette décente! Voyez un peu ce qu'elle a fait de mes cheveux!

Et, de rage, elle défit l'ouvrage péniblement élaboré par la malheureuse durant une demi-heure.

— Va-t'en! Je ne peux plus supporter tes gros doigts!

La jeune fille éclata en sanglots et s'enfuit à toutes jambes.

Le vicomte s'installa dans un fauteuil et croisa les jambes de façon à ne perdre aucun reflet de ses bottes impeccablement cirées.

— Que me voulez-vous, Peregrine? insista lady Leone en se penchant vers son miroir.

— La mauvaise humeur ne vous sied pas, constata son frère.

— Pas exactement la mauvaise humeur, mais plutôt le souci. Je soupçonne l'objet de votre visite...

— Vous faites mieux que simplement le soupçonner, j'en suis sûr. Voilà quatre jours que vous nous avez annoncé l'imminente démarche d'Alton. Depuis, papa ne quitte pas la bibliothèque, afin de ne pas manquer l'arrivée du noble marquis. Maman, dans tous ses états, lit et relit la note de sa modiste et les serviteurs attendent leurs gages. Quant à moi, la prison me guette, à cause de mes dettes.

— Je n'ignore rien de tout cela. Mais ne vous en prenez qu'à vous-même. Vous portez la responsabilité du retard de mes fiançailles.

— Moi? s'exclama le vicomte, tout étonné.

— Vous! Si vous n'aviez pas fait irruption alors que je me trouvais en compagnie du marquis, il se serait déclaré. Mais vous nous avez interrompus et je n'ai pu lui suggérer que de rencontrer papa au plus tôt.

— Qu'est-ce qui l'en a empêché?

— Il a quitté Londres le lendemain et j'ai appris qu'il était parti à la campagne.

Le vicomte se leva et se mit à arpenter la pièce.

— Si vous l'avez effrayé, nous voilà dans de beaux draps.

— Que faire, Peregrine! s'exclama lady Leone, désespérée.

— Vous trouverez bien une solution. Vos charmes et votre pouvoir de séduction n'ont-ils pas fait merveille jusqu'ici à la cour?

— Je doute de la puissance de mes charmes sur Justin. Il est rompu aux affaires de cœur.

— Mais toutes les femmes auxquelles son nom a été associé sont désormais mariées. Vous restez la seule digne de lui.

— A vrai dire, il ne m'a jamais courtisée. Il m'a flattée, témoigné en public un certain intérêt, mais juste ce qu'il fallait pour se montrer à la hauteur de ses amis. Il est de bon ton de me fréquenter, comprenez-vous?

— Raison de plus pour vous épouser, en scellant une bonne fois pour toutes ce que chacun considère comme allant de soi depuis votre enfance.

— L'autre soir, j'ai frôlé la victoire. Il m'a embrassée et je l'ai senti ému.

— Il vous a embrassée! Voilà qui me fournit un bon prétexte pour exiger réparation s'il ne vous demande pas en mariage!

Lady Leone éclata d'un rire cruel.

— Vous n'y pensez pas! Il sait tirer, lui. Quant à vous, ce serait miracle que votre main puisse seulement arriver à le viser.

— Si vous l'entendez ainsi, n'en parlons plus. Je n'affronterai donc pas un pareil champion! Mais qui se chargera de défendre votre honneur?

— Mon honneur? Je n'en ai que faire! Je devrais être mariée depuis deux ou trois ans! Savez-vous que j'aurai bientôt vingt-cinq ans? Quelle autre femme accepterait d'attendre ainsi?

— Pourquoi ne pas accepter un de ces freluquets qui se consument d'amour pour vous et portent tant de toasts à votre beauté qu'ils ne peuvent ensuite se lever de table?

— Parce que, grand sot, aucun d'entre eux n'est assez riche pour m'offrir la vie qui me convient. Avec Justin, il en irait autrement. Il pourrait nous arracher de la misère sans même s'en apercevoir. De plus, il me plaît.

— Dans la mesure où il vous échappe! N'avez-vous pas toujours désiré la lune, précisément parce qu'elle se trouve hors de votre portée?

— Justin, lui, est à ma portée et je l'épouserai. Il le faut, Peregrine. J'ai une idée!

— Laquelle? questionna le vicomte sans grand enthousiasme.

— Une idée toute neuve. N'avez-vous pas dit que son baiser m'avait compromise?

— Ma suggestion vous a fait rire.

— En effet. Qu'y avait-il de vraiment compromettant à m'embrasser sous mon propre toit, à quelques pas de mes parents?

— Si vous n'êtes pas compromise, où cette histoire va-t-elle nous conduire?

— Les conditions favorables n'étaient donc pas réunies. A nous de créer des circonstances plus propices, qui vous permettront d'intervenir au moment choisi et d'exiger une demande en mariage en bonne et due forme.

Le vicomte ouvrit de grands yeux et semblait avoir compris.

— C'est intéressant! Que proposez-vous?

— Ecoutez... poursuivit sa sœur, d'un air rusé

Et elle se mit à parler...

★

Plus tard au cours de cette même journée, lady Leone, dans ses atours du dernier cri, quitta Grosvenor Square où habitait le comte de Dansby, en direction de Bond Street.

Sa mère lui avait prêté sa soubrette, une femme entre deux âges, servile et d'une respectabilité tatillonne. La voiture s'engagea dans Bond Street. Lady Leone gratifiait d'un salut de la main les amis qu'elle reconnaissait au passage.

Elle était resplendissante. Un chapeau à haute coiffe, orné de plumes d'autruche et fixé sous le menton par des rubans de soie, enfermait comme dans un écrin son délicat visage.

– Je vais rendre visite à « madame Zazette », annonça-t-elle à la soubrette, qui n'eut pas l'air d'approuver.

– La semaine dernière, vous avez rendu deux fois visite à cette mégère, milady. N'auriez-vous pas un meilleur usage de vos guinées?

– Mes faits et gestes ne te regardent pas, Martha, et si jamais tu parles de cette visite, je pense que je te ferai chasser, en dépit de tes quarante années de service dans la famille!

– Vos menaces ne m'effraient pas, milady. Je vois tout, j'entends tout, mais je me garde bien de rien dire.

– Je n'en attends pas davantage de toi, répondit lady Leone en souriant à l'intention des occupants d'un cabriolet.

– Est-ce vrai, poursuivit Martha avec la familiarité propre aux vieilles servantes, que vous allez épouser lord Alton?

– J'en ai bien l'intention, Martha.

– Dans ce cas, vous devriez faire preuve d'un peu plus de prudence. Ne dit-on pas que les murs ont des oreilles? La rumeur publique adore s'en prendre aux personnes de qualité. A votre place, je me méfierais de cette diseuse de bonne aventure.

– « Madame Zazette » n'est pas dangereuse car si elle n'était pas discrète, elle n'aurait plus de clients et en peu de temps elle ferait faillite.

– De toute façon, je la trouve malfaisante.

Tant d'obstination fit pouffer de rire lady Leone.

– Ma chère Martha, tu t'es toujours beaucoup

souciée de moi. Quand j'étais enfant, tu vivais dans la crainte permanente que je tombe ou me blesse. Lorsque je chassais, tu ne vivais plus! Depuis, j'ai mené une vie dangereuse, mais je te promets que dès l'instant où Sa Seigneurie me passera l'anneau, je me conduirai comme une sainte.

– Cela, je veux bien le croire, mais je sais que Sa Seigneurie n'est pas homme à tolérer des sottises ou des écarts de quelque sorte que ce soit.

– Je réagirai moi aussi de la même façon.

– Les messieurs peuvent se permettre presque tout ce que leur inspire leur fantaisie. Il n'en va pas de même pour les dames, et surtout les dames de votre rang.

– Cesse de croasser de la sorte, Martha. Quel éteignoir tu fais! Si je t'écoutais je passerais mes journées à écouter les platitudes de vieux balourds incapables de formuler une demande en mariage digne de moi.

– Il est grand temps de vous marier, milady. Mais vous ne me paraissez pas vous y prendre comme il convient.

– Comme toujours, tu essaies de me faire peur, Martha. Je reconnais bien là ta manière de faire. Je maintiens pourtant ce que je t'ai promis : je ne m'assagirai qu'au moment où Sa Seigneurie m'aura passé la bague au doigt.

– Je prierai pour qu'il en soit ainsi.

– Pries-tu vraiment pour moi, Martha? Je veux bien le croire et cela m'encourage à tourner la page.

– Comme je voudrais le croire!

– Quand cesseras-tu de jouer les rabat-joie? Bon. Garde le cabriolet jusqu'au Pantheon Bazaar et ne reparais que dans une heure. Je ne veux pas que l'on remarque ma voiture à proximité du logis de « madame Zazette ».

— J'ai justement quelques courses à faire.

— Donne au cocher des ordres en conséquence. Méfie-toi de lui, il a la langue bien pendue !

La voiture s'arrêta devant une petite boutique de Maddox Street.

Sa vitrine présentait un assortiment de lotions faciales, d'onguents à lèvres, de poudres diverses utilisées par les dames de qualité, mais l'ensemble n'avait pas dû être renouvelé depuis longtemps et semblait bien défaîchi.

Lady Leone regarda discrètement autour d'elle. Belles dames et dandies ne lui prêtaient apparemment aucune attention. Deux enfants en guenilles cherchaient Dieu sait quoi dans la rigole; quelques boutiquiers balayaient leur pas de porte. C'était parfait.

Lady Leone gravit prestement les marches conduisant au magasin et disparut à l'intérieur.

Dès que la porte se fut refermée derrière elle, une vendeuse âgée se leva, mais la cliente, sans lui accorder un regard, se dirigea vers le fond de la pièce, écarta une tenture et pénétra dans la pénombre d'une arrière-boutique aux parois drapées de tissu écarlate. Assise sur un sofa, « madame Zazette » attendait.

De ses origines gitanes, elle tenait sa chevelure de jais, ses pommettes hautes et ses yeux très noirs. Son costume, par contre, était très original : un savant mélange d'influences turques, égyptiennes et hispaniques.

Ses bras, ses mains, son cou et ses oreilles étaient couverts de bracelets, de bagues, de colliers qui scintillèrent dans la pénombre lorsqu'elle bougea pour saluer sa visiteuse.

— Vous êtes en retard, milady.

— Est-il là?

— Il vous attend impatiemment. Vous les mettez dans des états, ma jolie! Depuis une demi-heure, il est en transes, le malheureux.

— Il suffit! Voici votre argent.

Elle déposa deux guinées sur la table. « Madame Zazette » la toisa d'un regard insolent.

— Je vous ai déjà dit que j'augmentais mes honoraires. Trois guinées, s'il vous plaît!

— Trois? C'est trop!

— Dans ce cas, adressez-vous ailleurs.

Lady Leone poussa un cri d'exaspération, mais tira une troisième guinée de son réticule.

— Je ne reviendrai plus!

— On dit toujours ça, mais on revient. Personne ne rend mieux que moi les services que je rends. Vous reviendrez, milady, pour lui ou pour un autre.

— Je vous interdis de me parler de cette façon!

Lady Leone, alors, se dirigea vers une porte au fond de la petite pièce sombre. Mais, au moment de la franchir, elle s'arrêta.

— Puisque vous avez augmenté votre prix, vous pourriez peut-être m'offrir quelques prédictions supplémentaires. Mon souhait se réalisera-t-il?

— Ah! les grandes dames, vous êtes bien toutes les mêmes! toujours aussi insatiables! J'accepte, cependant, car vous êtes une bonne cliente. Vous obtiendrez un jour ce que vous attendez le plus de la vie : fortune et haut rang.

— En êtes-vous bien sûre?

— Il suffit de regarder votre visage. Souhaitez-vous autre chose?

Lady Leone réprima un mouvement de colère, franchit la porte et la fit claquer derrière elle.

Sa méchante humeur, alors, se dissipa comme par enchantement. Elle souleva le bas de sa robe et entreprit de monter un escalier étroit et raide qui la conduisit, un étage plus haut, devant une autre porte qu'elle poussa sans s'arrêter.

Un homme se tenait près de l'âtre. Il se leva :

— Tu es en retard, dit-il sèchement.
— J'en suis désolée mais je n'y puis rien.

Mesurant plus de six pieds deux pouces, large d'épaules et portant beau, l'homme arborait l'uniforme des dragons de Sa Majesté.

— Approche-toi!
— Est-ce un ordre ou une prière? minauda lady Leone.
— Tu le sais. J'ai beaucoup attendu.
— Parce que tu étais en avance.
— Je vois que la vieille sorcière a parlé. C'est vrai. J'avais hâte de te voir et je croyais qu'il en allait de même pour toi.
— Ta présomption te perdra, Gervase.
— Il suffit que je lève le petit doigt pour que les femmes de ton espèce accourent sur-le-champ.
— J'ai horreur de tels propos, tu le sais bien. J'ai bien envie de m'en aller.

Le soldat ne répondit pas, mais la regarda de telle façon qu'elle se jeta dans ses bras.

— Gervase, Gervase, tu gaspilles notre temps! Embrasse-moi! J'attends cet instant depuis une éternité!

Il la saisit par les épaules si brutalement qu'elle ne put retenir un gémissement.

— Bien vrai?
— Je le jure!

Elle entrouvrit les lèvres. Il l'embrassa avec passion, puis la repoussa :

— Enlève ce maudit chapeau et laisse-moi te

regarder. Tu me plais, Leone, mais je n'ai aucune confiance en toi. Tu veux bien me rencontrer clandestinement, mais tu me refuses l'accès de ta maison.

– A quoi bon?

Elle ôta son chapeau, le jeta sur une chaise, puis se rapprocha du soldat.

– Ne parlons plus. Embrasse-moi, embrasse-moi. Je n'attends pas autre chose de toi.

– Tu m'ensorcelles. En ta présence, ici, je n'arrive plus à retrouver mes esprits. Je sais que je ne suis qu'un jouet pour toi. Je ne serai jamais qu'un amant, pour toi, un mari, jamais! C'est bien cela, n'est-ce pas?

– Trêve de plaisanteries. Nous ne menons pas le même genre de vie. T'ai-je jamais caché que je n'épouserai qu'un homme fortuné? Nous sommes pauvres. Oh! tu peux sourire! Mon père te semble riche, mais il est pauvre. Quant à moi, tu serais bien incapable de me faire vivre comme je l'entends.

– Tu me l'as déjà dit.

– Je veux être riche, très riche. Il me faut des bijoux et des serviteurs, mes entrées à Carlton House et la célébrité.

– Auras-tu aussi ce que je te donne?

Elle le regarda et l'expression de son visage se radoucit.

– Gervase, tu es le seul, l'unique capable de me porter à ce paroxysme de bonheur qui s'empare de moi lorsque je suis dans tes bras et que tu me serres très fort.

– Où est l'amour dans tout cela, Leone? Gâtée par ton beau monde, tu confonds les gens et ce qu'ils possèdent!

– Et toi?

– Moi, je t'aime vraiment. Lorsque je te sens

dans mes bras, toute tremblante, je ne suis pas comblé. Je veux, j'attends autre chose! Ah! comme tu es dure!

Leonne le prit par le cou et l'attira doucement contre elle.

— Mais si, je vais te combler. Viens...

Gervase la pressa contre lui et, de nouveau, l'embrassa avec fougue. Cette fois, leurs bouches ne se séparèrent qu'à regret.

— Aime-moi, Gervase. Aime-moi, jusqu'à la folie, gémit-elle.

Le soldat la souleva dans ses bras et la porta vers l'alcôve meublée d'un divan bas.

★

Au même moment, le marquis arpentait la bibliothèque d'Alton House, un billet à la main. Un commissionnaire à cheval envoyé par le régisseur d'Alton Park venait de le lui remettre.

« Au très noble marquis d'Alton

« Monseigneur,

« Je suis au regret de ne pouvoir porter à la connaissance de Sa Seigneurie d'autres renseignements concernant les visiteurs de Furse Cottage, ancienne résidence de miss Rose Trant, décédée le mois dernier à l'âge de soixante et onze ans. Elle a été pendant vingt ans la locataire de Votre Seigneurie. Je sais de source sûre que sa sœur, Bessie, ne lui a rendu visite qu'à l'occasion de la maladie qui devait l'emporter.

« D'après la rumeur publique, Bessie Trant a servi comme domestique. Malheureusement, miss Rose, si Sa Seigneurie veut bien me pardonner l'expression, « restait sur son quant-à-soi » et personne ne sait où sa sœur a servi.

« Plusieurs personnes affirment qu'une jeune dame s'est rendue à Furse Cottage mercredi dernier, mais elle n'y a pas séjourné plus de vingt-quatre heures. Elle serait repartie en diligence jeudi matin de bonne heure, en compagnie de Bessie Trant, probablement en direction de Londres.

« Je regrette de ne pouvoir en apprendre davantage à Sa Seigneurie. Si d'autres renseignements me parvenaient sur les demoiselles Trant, je ne manquerais pas d'en informer sur l'heure Votre Seigneurie.

Je reste votre très humble et
très dévoué serviteur.
J. Roberts. »

– Il est incroyable que l'on puisse disparaître aussi complètement et aussi vite! commenta le marquis.

Le lendemain de sa rencontre avec Sylvina, sur les indications du cocher qui avait reconduit la jeune fille et son chien blessé, il s'était rendu à Furse Cottage.

A sa grande et désagréable surprise, il avait trouvé le cottage clos et verrouillé. Personne n'avait pu le renseigner sur ses occupants. Aussi, se faisant violence, il avait demandé à son régisseur de recueillir tous les renseignements possibles sur la jeune fille qui s'y était présentée.

Certes, Sylvina avait dit qu'ils ne se reverraient plus, mais il ne l'avait pas crue un seul instant.

Le marquis n'était pas habitué à témoigner de l'intérêt à une femme sans être immédiatement payé de retour. Sylvina le déroutait...

Le marquis se trompait-il sur son pouvoir de séduction? Son cynisme, né d'une déception amoureuse mal guérie, était si profond qu'il se demandait le plus sérieusement du monde si des qualités telles que l'innocence et la simplicité existaient vraiment.

En présence de Sylvina, même au plus profond de son éblouissement, une petite voix intérieure persistante l'avait mis en garde.

Pouvait-il exister une femme aussi naïve, aussi pure?

Il fréquentait des femmes capables de s'éprendre de lui mais qui, au plus fort de leur passion, gardaient les pieds sur terre, des femmes très soucieuses de leur réputation, qui s'abandonnaient volontiers en privé, mais n'oubliaient jamais les convenances en public.

« Je t'aime! Je t'aime! » Que de fois n'avait-il pas entendu ces mots dans la bouche de femmes qu'un craquement de marche d'escalier suffisait à effrayer.

– Tu as trop d'aventures, Justin, lui dit un jour un ami. Elles te cèdent dès ton premier regard. Comment diable fais-tu? Nous autres, nous devons nous démener pour obtenir de haute lutte ce que tu obtiens sans effort!

Sur le moment, le marquis avait ri de cet aveu mais, à la réflexion, il s'était aperçu que son ami avait parfaitement décelé ce qui faussait irrémédiablement ses relations avec les beautés du grand monde : elles cédaient au premier regard, s'offraient, prévenaient ses désirs, avides de succomber.

Or, pour la première fois de sa vie, il venait de

rencontrer une femme différente... Quel qu'en soit le prix, il devait la retrouver!

Mais comment? Où dénicher dans le tourbillon de Londres une jeune fille prénommée Sylvina, escortée par une servante s'appelant Bessie Trant?

Que ne l'ai-je forcée à me dire son nom? maugréait le marquis en secret. Bah! elle n'aurait pas cédé! Que redoutait-elle si fort, au juste? Un homme, sans doute, mais quel homme? Qui diantre pourrait me renseigner?

Désespéré, il arpenta de plus belle sa bibliothèque dont les parois disparaissaient sous les volumes aux reliures de cuir effleurés par les rayons du soleil. De splendides miroirs entrés dans la famille au temps de la reine Anne reflétaient ces mêmes rayons.

Il ne voyait rien de ces merveilles, car il était très attentif à la douce musique d'une petite voix intérieure qui lui répétait : « Justin, Justin... »

Sans doute serai-je déçu lorsque je connaîtrai la vérité, mais tant pis! Qui sera-t-elle? La fille d'un gros et gras marchand, ou la bâtarde d'un noble?

Mais aussitôt, il se méprisa pour son cynisme. Non, non, tout en elle dénote une bonne éducation. Elle a un port de reine, des mains délicates, une voix flûtée. De plus, elle connaît le grec! Il faut que je réfléchisse... Au cours de notre conversation, elle m'a sans doute donné un renseignement qui me permettra de la retrouver. Comment pourrais-je prétendre débusquer les espions de Napoléon, si je me révèle incapable de retrouver une jeune fille?

Il jeta rageusement la lettre de son régisseur.
– Quel idiot je suis! s'écria-t-il.
Mais j'y pense... réfléchit-il, Sylvina a fait allu-

sion aux bois de Vienne... Son père ne serait-il pas officier?

Il s'approcha de la fenêtre, vit deux rhododendrons en fleur et revécut tout le charme du moment passé dans le temple grec.

Un souvenir surtout le rendit mélancolique: celui de la silhouette de Sylvina, immobile devant les rhododendrons de l'entrée.

– D'une façon ou d'une autre, je finirai par la retrouver!

C'était Bessie qu'il recherchait. Elle n'avait passé que trois semaines à Alton Green. D'où venait Sylvina avant d'arriver au village?

4

Le marquis considéra sombrement la pile de lettres que son secrétaire posa devant lui.

Au terme de son premier mois au ministère des Affaires étrangères, son immense bureau disparaissait déjà sous les papiers de toutes sortes.

– A cette cadence, je me demande si, à la fin de l'année, je pourrai atteindre mon fauteuil. Encore du courrier?

– Je le crains, milord.

Lors de sa prise de fonctions, le marquis avait décelé un vague ressentiment dans le regard pourtant soumis du vieux fonctionnaire. Sans doute redoutait-il l'intrusion dans le sanctuaire de la politique d'un homme mieux accoutumé aux boudoirs qu'aux affaires de l'État. Mais, très vite, le marquis avait forcé son respect par son intelligence, son aptitude à prendre des décisions rapides et dénouer des situations en apparence inextricables.

– J'ai pris la liberté, milord, de trier les lettres afin d'éliminer celles qui ne me paraissent pas mériter votre attention. Un grand nombre d'entre elles, en effet, ne contiennent que des dénonciations inspirées par la vengeance.

– Je vous abandonne même les autres.

D'un geste il désigna les feuilles à l'écriture malhabile et à l'orthographe approximative qui, pour la plupart, portaient une signature féminine.

– Puisque vous voulez bien m'honorer d'une telle confiance, je ne vous soumettrai que les lettres dépassant mes compétences.

Un éclair de malice traversa le regard du marquis.

– N'avez-vous pas l'impression que nous faisons fausse route?

Le secrétaire sourit avec humilité, mais ne dit mot.

– Je pense que nous perdons un temps précieux à passer toutes ces dénonciations au crible, enchaîna donc le marquis. Si Napoléon entretient des espions dans ce pays, il ne peut s'agir que d'hommes difficilement identifiables, car probablement très soucieux de ne pas se compromettre avec les auteurs de ces lettres.

– L'Angleterre, en effet, semble affectée d'une étrange maladie. On voit des espions partout. Dans l'imagination populaire, ils ont remplacé les sorciers du Moyen Age!

– Triez donc ces lettres et jetez-en le plus grand nombre à la corbeille. En ce qui concerne les autres, opérez les vérifications d'usage. Surtout, de la discrétion. A la moindre alerte, un véritable espion nous échappera.

– Naturellement, milord. Mais j'aurais besoin de votre accord pour engager deux ou trois secrétaires pour mener à bien toutes nos enquêtes. Je pense à des hommes de bonne éducation, susceptibles d'inspirer confiance.

Le marquis se leva, traversa la pièce et se retourna brusquement.

— Rien de tout cela n'était prévu lorsque j'ai consenti à travailler ici.

— Vraiment, milord?

Afin de ne rien trahir de sa conversation avec Mr Pitt, le marquis choisit soigneusement ses mots :

— Je cherche à ferrer un poisson beaucoup plus gros que le menu fretin qui espère gagner quelques livres en échange de renseignements douteux.

— Je comprends, milord.

— En d'autres termes : je veux les traîtres et non les espions. Or, je doute que les traîtres se promènent dans la Cité lâchant des jurons français ou se mêlant à la racaille qui nous écrit.

— En effet, milord. J'ai tout de suite compris qu'une idée de cette nature expliquait votre nomination. Mais voyez-vous, il me paraît capital de donner le change en nous acharnant contre les petits informateurs et les francophiles.

— Bien sûr, Lawson. C'est pourquoi j'ai persuadé lord Hawkesbury de m'attribuer le bureau le plus imposant, de vous attacher à ma personne et de vous adjoindre des subalternes. J'aurais pu choisir le ministère de la Guerre ou l'Amirauté, mais j'ai préféré ce service, bien qu'à mon avis on y perde beaucoup de temps.

— Je ne peux partager ce point de vue, milord, tant que des indiscrétions filtreront des tables de conférence.

— Grand Dieu! Comment le savez-vous? Je ne l'ai jamais dit!

— Mais tout le monde le sait.

Tout d'abord irrité, le marquis finit par éclater de rire.

— Par exemple! Existera-t-il un jour des secrétaires particuliers et des gentilshommes sachant se taire? Eh bien! soit! Master Lawson, puisque vous en savez tant, j'ajouterai que Mr Pitt lui-même soupçonne que certains propos tenus lors des conseils de cabinet sont rapportés à Bonaparte.

– Mr Pitt se trompe rarement, milord. Je souhaite ardemment son retour aux responsabilités de l'État. On dit que le Premier ministre lui a offert un poste de son choix, mais qu'il a refusé.

– Je le sais. Nous regrettons tous sa décision, car en temps de guerre nous ne pourrions mieux souhaiter que celui qui nous a si bien dirigés pendant dix-neuf ans.

– D'aucuns prétendent que Mr Pitt changera d'avis et reprendra sous peu le chemin de Downing Street.

– Sous peu? Dieu vous entende! Le chaos nous guette.

– C'est vrai, milord, et vous savez également...

Mr Lawson n'acheva pas, car la porte s'ouvrit lentement sur lord Hawkesbury, secrétaire d'État aux Affaires étrangères.

– Bonjour, Alton, dit-il au marquis.

– Bonjour, monsieur le secrétaire d'État. Que puis-je faire pour vous?

Lord Hawkesbury s'accorda un court instant de réflexion puis, comme à regret, répondit :

– Je venais vous rappeler la réception de ce soir.

– Seigneur! C'est ce soir, en effet! Ma présence s'impose-t-elle vraiment?

– Absolument! D'autant plus que auparavant vous dînerez chez Son Altesse Royale à Carlton House.

– Encore! Si Son Altesse nous traite comme

l'autre soir, peu d'invités seront en mesure de faire honneur à votre soirée.

– Mrs Fitzherbert m'a promis que le dîner ne s'éterniserait pas. Mais, de toute façon, la soirée exigée par le prince est prévue depuis longtemps.

– Aux yeux de beaucoup, la déclaration de guerre aurait pu constituer un prétexte suffisant pour l'annuler.

– Il reste encore un certain nombre de diplomates à distraire. Ma femme a notamment prévu un bal. N'oubliez pas, Alton, que j'ai deux filles à marier.

– Comment pourrais-je oublier ces deux délicieuses créatures? Je gage qu'elles trouveront force cavaliers parmi le corps diplomatique.

– Ma femme y veillera. Il va de soi que nous comptons sur vous, ne serait-ce que pour permettre au prince de conserver sa bonne humeur. Il ne supporte cette sorte de réception qu'entouré de ses propres amis.

– Je ferai de mon mieux pour que Son Altesse passe une agréable soirée.

– Je n'en attendais pas moins de vous.

Et sur ces mots, Hawkesbury s'en alla lentement.

– Que Dieu me damne! s'écria le marquis après son départ. Je ne savais pas que j'avais encore des obligations de cet ordre!

– J'ai pourtant noté la soirée dans votre carnet de rendez-vous, milord. J'allais justement prendre la liberté de vous rappeler que Sa Seigneurie comptait sur votre présence.

– Si j'avais su que ma charge comportait tant de mondanités, j'aurais sans nul doute décliné l'offre de Mr Pitt, au risque de passer pour un traître!

— La soirée, j'en suis sûr, n'aura rien de désagréable, hasarda Lawson. Le bal, en particulier, ne manquera pas de vous distraire. En ce moment, on décore la salle de fleurs et de fougères. Et le jardin sera illuminé.

— Comme c'est original... répondit-il d'un ton sarcastique.

Mr Lawson prit la pile de lettres et s'éclipsa, comme il le faisait toujours lorsqu'il commençait à déceler de l'irritation dans la voix de Sa Seigneurie.

Une fois seul, le marquis marcha jusqu'à la fenêtre et contempla un instant les toits des maisons et les arbres de St James's Park. Les cimes oscillaient dans le vent et tant qu'il soufflerait, Napoléon ne pourrait pas laisser les bateaux à fond plat, accumulés dans tous ses ports, traverser la Manche. Mais les arbres lui rappelèrent le souvenir de Sylvina...

— Mais enfin, que m'arrive-t-il? Je perds la raison!

Il avait passé quelques heures en compagnie d'une jeune fille à laquelle, en ville, il n'aurait pas accordé plus de dix minutes d'attention et, depuis ce jour, son image ne le quittait plus.

Sans cesse il revoyait ses fossettes, ses grands yeux tantôt confiants et tantôt apeurés, ses façons fraîches et innocentes, ses...

— A moins que je sombre dans la sénilité!

Alors, gêné, il se rappela que, la nuit précédente, il avait rendu visite à une dame de qualité qu'il poursuivait de ses assiduités depuis trois semaines.

Une dame? Une merveille! Elle avait cédé à ses pressantes assiduités et, comme ils se connaissaient depuis peu, il s'était montré très empressé.

Cependant, la veille, lorsqu'il eut atteint le seuil de sa maison, assuré de l'absence du mari, il se sentit incapable de gravir les quelques marches qui le séparaient encore de sa belle.

Bien que le cocher eût déjà ouvert la porte, il s'était rassis dans la calèche. Des laquais à perruques poudrées étaient sortis sur le trottoir pour dérouler un tapis rouge. La lumière du vestibule éclairait le seuil et, dans l'entrée, se tenaient un maître d'hôtel et des valets de pied rutilants de passementeries.

Mais le marquis savait que l'aventure était terminée avant d'avoir commencé. Dans le salon, elle l'attendait pourtant, le corps seulement voilé d'un négligé vaporeux, les yeux brûlants de passion, les mains avides de l'approcher.

Il se pencha à la portière et lança à un valet.

— Portez mes compliments à Madame. Dites-lui que je suis au regret de ne pouvoir lui rendre visite ce soir.

L'impassible valet transmit le message au maître d'hôtel non moins impassible; le tapis fut roulé et le marquis revint chez lui.

— Pourquoi? Pourquoi? s'écria-t-il à haute voix, face aux arbres de St James's Park...

Incapable de trouver une réponse, il quitta le Ministère de si mauvaise humeur qu'il en oublia de saluer les amis qu'il rencontra en chemin.

— Quelle mouche a piqué Alton? s'enquit un jeune élégant.

— Cherchez la femme (1)! répondit son compagnon.

— Pour l'amour du ciel, ne parle pas français quand Alton se trouve dans les parages! Il t'enverrait au cachot incontinent.

---

(1) En français dans le texte, *N.D.T.*

– Cette perspective ne m'effraie pas! En dépit de sa férocité, Alton ne mettra jamais la main sur autre chose qu'un peu de mousseline de Paris entrée en contrebande pour le plus grand plaisir de nos élégantes, lasses des variétés anglaises.

Un éclat de rire salua cette saillie. Par bonheur, le marquis ne l'entendit pas. Il aurait eu davantage la conviction qu'il perdait son temps.

La soirée suffit amplement à lui inspirer cette triste impression. A peine le repas fut-il achevé que le prince avertit à regret ses commensaux qu'ils ne devraient pas s'attarder devant leur porto.

– Mrs Fitzherbert m'a fermement recommandé de rejoindre les dames sans délai. Finissez donc vos verres, messieurs, et suivons les instructions du secrétaire d'État aux Affaires étrangères.

– Je pense que le singulier conviendrait mieux, remarqua un invité. En ce moment, nous n'avons, ce me semble, qu'une seule affaire étrangère, celle qui consiste à battre Napoléon!

– Bravo! commenta le prince. Debout, messieurs, et portons un toast. A la chute de Bonaparte!

Et chacun de lever son verre et de le vider, avant de le briser ensuite, à l'exemple du prince.

Quel gaspillage! pensa le marquis. Mais il connaissait le goût du Prince pour les attitudes théâtrales. Ce soir-là, il portait un habit de velours rouge fraise constellé de décorations.

Un jour, le marquis avait encouru l'ire royale en se présentant vêtu d'un simple habit bleu. L'habit, coupé par un des meilleurs faiseurs, lui seyait à merveille, mais soit qu'il mît trop en valeur la silhouette du marquis, soit qu'il manquât de décorations, il déplut au prince.

– Alton, fit Son Altesse, ne pensez-vous pas que je suis mieux vêtu que vous, lors de votre récente visite à Carlon House?

– Certes, mais ma simplicité n'avait d'autre but que de faire mieux ressortir, par contraste, la magnifique élégance de Son Altesse.

Après quelque hésitation, le prince éclata de rire.

– Vous êtes un flagorneur, Alton! Voyez-vous, je pense qu'en semblables occasions il faut montrer aux étrangers qu'en dépit de la guerre les Anglais peuvent surpasser le Corse en splendeur.

– En ce domaine, vous vous êtes toujours conduit comme le premier gentleman d'Europe.

– Bravo, Alton! Le premier gentleman d'Europe! Je m'en souviendrai.

Il n'est pas près d'oublier ma remarque, pensa le marquis, car il entendit le prince la répéter à ses invités réunis dans le salon chinois.

Enfin, après force remue-ménage, tout le monde trouva place dans la longue file des fiacres qui attendaient pour couvrir la courte distance entre Carlton House et le ministère des Affaires étrangères.

Le sombre bâtiment s'était métamorphosé en une fantastique forêt de palmiers et de fougères géantes, éclairée de lanternes vénitiennes et décorée de guirlandes.

Les invités animaient cette féerie. Il y avait là des rajahs des Indes aux turbans décorés de rubis et d'émeraudes de la taille d'œufs de pigeon, des Arabes et des Chinois représentant l'Orient, des Chiliens et des Argentins, l'hémisphère Sud.

Les émigrés français, dont Londres se trouvait alors envahi, étaient venus en force, désireux de

61

prouver leur haine au dictateur de leur pays et de réaffirmer sans cesse leur allégeance à la Grande-Bretagne.

Bien que les ambassadeurs soient rares – peu de pays d'Europe avaient échappé à l'occupation française – on en distinguait cependant quelques-uns. Mais un fourmillement de débutantes, surveillées par leurs mères au front ceint de tiares, remplaçaient avantageusement les absents.

Conformément aux instructions qu'il avait reçues, le marquis, plus que jamais homme du monde, fit le tour des invités auxquels il s'adressait avec beaucoup de charme et d'esprit.

Mais, au bout de deux heures, la fatigue s'abattit sur lui et le submergea. Discrètement, il quitta la salle de bal par une porte-fenêtre et alla rêver sur le balcon dominant le jardin où, çà et là, des couples s'enlaçaient.

Il supputait ses chances de s'éclipser sans se faire remarquer, lorsqu'il surprit bien malgré lui des bribes de conversation venant de la porte-fenêtre.

– ... Reste ici, ne t'éloigne pas. Je vais aller te chercher un verre de limonade, puisque tu insistes, mais surtout ne bouge pas.

Il y avait de l'agressivité dans la voix autoritaire qui s'exprimait ainsi.

Tout d'abord, le marquis plaignit vaguement la personne qui faisait l'objet de telles injonctions, mais...

– Je ne bougerai pas, répondit une voix douce.

Il n'en crut pas ses oreilles et, s'interdisant de trop espérer, se retourna. C'était bien elle! Il la contempla, incrédule quelques secondes, puis vint à sa rencontre.

– Sylvina! dit-il à voix basse.

La jeune fille, qui regardait le ciel, baissa les yeux et sourit de bonheur. Le marquis lui prit la main.

– Venez, dit-il.

Et sans protester, elle le suivit.

Il l'entraîna dans le jardin, puis évitant les couples, la conduisit à une porte du mur de clôture. Il l'ouvrit et se trouva face à une sentinelle chargée de refouler les intrus. L'homme connaissait le marquis et salua. Tenant toujours Sylvina par la main, Alton prit un chemin de terre et, en peu de temps, gagna St James's Park. De plus en plus surprise, Sylvina franchit aussi un petit pont. Dans l'eau aux reflets d'argent se miraient des saules pleureurs.

Tout n'était que silence.

Le marquis s'arrêta enfin en un endroit où le clair de lune illuminait une pièce d'eau. Les feuillages caressés par le vent s'y reflétaient avec mille scintillements.

– Pourquoi m'avez-vous amenée ici?...

N'obtenant pas de réponse, elle enchaîna :

– Je crois deviner la réponse. Parce que c'est très beau! Pas autant que notre bois magique, mais presque. Les canards dorment-ils, à cette heure? Il y en a, je le sais. Mon frère m'a conduite ici en plein jour.

– Où étiez-vous partie? demanda gravement le marquis.

– M'avez-vous cherchée?

– Vous saviez bien que, le lendemain, je viendrais m'enquérir de la santé de Columbus?

– Il va beaucoup mieux. En fait, sa patte est presque guérie. Vous avez dû me juger très... ingrate.

– Je ne pouvais croire que vous rejoindriez

l'Olympe ou tout autre lieu hors de ma portée, si rapidement et définitivement.

La jeune fille éclata de rire.

– Pas l'Olympe mais tout simplement Londres qui ne mérite guère le titre de demeure des dieux, sauf peut-être lorsque nous y sommes.

Mais le marquis ne voyait que ses yeux immenses, lacs de mystère et de beauté qu'effleurait un rayon de lune. Elle portait une robe de mousseline à fils d'argent, rehaussée de rubans à la hauteur de la poitrine et, bien que sa coiffure ait été élaborée par un artiste, sa chevelure n'avait rien perdu de sa vaporeuse légèreté.

– Sylvina, je vous ai cherchée.

– Vous n'auriez pas dû. Je vous avais dit que nous ne nous reverrions jamais.

– Cependant, nous nous sommes retrouvés.

– Que faites-vous ici? Je vous croyais à la campagne, surveillant vos terres et retenu par toutes sortes de tâches...

Ebloui par sa beauté, le marquis ne dit mot.

– Mais... vous êtes... un homme important. Vous portez une décoration!

– Je l'ai gagnée au combat, Sylvina. J'ai été soldat.

– Soldat! J'aurais dû m'en douter! Vous êtes donc un vrai chevalier errant, Justin. Mais beaucoup de soldats participent à cette soirée, peut-être souhaitez-vous les rejoindre?

– Cette mascarade ne m'intéresse pas, Sylvina. En ce moment, je n'attache de prix qu'à votre compagnie.

– Vous vouliez donc me voir?

Le marquis répondit gravement à ce badinage :

– Je voulais vous retrouver.

Sylvina détourna la tête.

— N'en dites pas davantage. Je vous le répète : nous ne pourrons nous revoir. Je vous en supplie, ne gâchez pas le souvenir des heures merveilleuses que nous avons passées ensemble. J'ai souvent revécu cette journée. Grâce à elle, j'ai pu supporter...
— Quoi donc?
— Je ne peux vous le dire.
— Dans ce cas, changeons de sujet.
— Non. Je dois partir. Je n'aurais pas dû vous suivre. Vous le savez bien, n'est-ce pas?
— Mais vous m'avez suivi.
— J'ai été si surprise de vous revoir que je n'ai pas réfléchi. D'ailleurs, vous ne m'avez guère laissé le temps de réfléchir.
— Le destin l'a voulu ainsi. Regardez autour de vous, Sylvina. Cet endroit n'est-il pas enchanteur?
Tout près, dans l'ombre accueillante, les feuilles se renvoyaient les rayons de lune et, sous la voûte étoilée du ciel, le vent ridait doucement la surface de l'eau.
— C'est... très beau, dit Sylvina dans un souffle.
— Très, en effet.
Mais c'est la jeune fille qu'il préférait contempler.
— Tournez-vous vers moi, Sylvina.
Elle obéit. Dans ses yeux la confiance le disputait à l'appréhension.
— Je vous ai retrouvée, Sylvina. Vous avez comparé notre rencontre à une belle histoire. Je ne veux pas qu'elle se termine tristement.
— Elle ne peut se terminer autrement.
— Pourquoi?
— Pour de nombreux motifs... que je ne peux vous confier, à cause... d'obstacles... de difficul-

tés... de problèmes... et de craintes dont je ne peux vous parler.

– Vous rendez-vous compte quelle somme d'efforts représente la recherche d'une nymphe du nom de Sylvina dans la foule de Londres?

– Vous m'avez cherchée...

– Bien sûr!

– Pourquoi?

– Voulez-vous vraiment que je vous le dise?

Il la regarda droit dans les yeux et comprit qu'elle tremblait, mais non de peur.

– Il faut que je parte, Justin...

Elle se tournait déjà lorsque le marquis la prit doucement par les épaules. Sylvina n'opposa aucune résistance mais soutint son regard. Le marquis, immobile, ressentit alors une émotion toute neuve.

Il ne parlait pas mais Sylvina le comprenait. Un message magique les unissait.

Le marquis la sentit frissonner. Alors, lentement, très lentement, et comme sous l'effet d'une force étrangère à sa volonté, il se pencha.

Les lèvres de Sylvina avaient la douceur et la fraîcheur d'un pétale de rose.

Mais la jeune fille ne s'abandonna qu'un court instant. Rompant le charme, elle se dégagea de l'étreinte et s'enfuit. Si vite que le marquis ne put songer à la rattraper.

Sa robe claire courut parmi les arbres, puis disparut tout à fait, absorbée par la nuit.

Et je ne sais toujours pas son nom, se dit tristement le marquis...

5

Le marquis regagna lentement la salle du bal et bien qu'il sût que Sylvina ne s'y trouvait plus, il ne put s'empêcher de la chercher des yeux.

Une haie compacte de spectateurs entourait la piste, mais aucune robe blanche ne se trouvait parmi les danseurs.

– Serait-ce moi que vous cherchez?

Le marquis se retourna et vit Leone, plus belle que jamais, vêtue d'une robe faite pour mettre en valeur ses blanches épaules.

– Leone! Par exemple! Si je m'attendais à vous rencontrer! J'imagine que votre gaieté doit jurer en aussi grave compagnie. Mais peut-être avez-vous une raison particulière d'envahir ainsi le ministère des Affaires étrangères?

– Ne soyez pas désagréable, Justin. Ma présence ne s'explique par aucun calcul. Papa a souhaité que je vienne. Me voilà. C'est tout.

– Bel exemple de piété filiale, ne put s'empêcher de remarquer le marquis.

– Je suppose que c'est en vain que je vous demanderais d'être mon cavalier pour la prochaine danse?

Elle se rapprocha du marquis, espérant l'émouvoir par son parfum exotique. Mais le marquis connaissait de longue date les ressources charmeuses de Leone, ses grâces ondulantes et ses œillades langoureuses.

– Au risque de paraître discourtois, je dois vous avouer que je me retire.

– Afin de rejoindre quelque tripot, je présume? A moins que j'aie une rivale?

– Ni l'un ni l'autre. Très prosaïquement, je rejoins mon lit.

– Si tôt?

– Vous oubliez que j'exerce une charge.

– Comment pourrais-je l'oublier? Londres ne parle que de vos efforts pour débusquer les espions de Napoléon. Chaque fois que je prononce un mot de français, je crains que vous ne m'enfermiez dans la Tour.

– Je vous assure que je n'en ai pas l'intention.

– Où donc allez-vous m'enfermer?

Il évita les yeux de Leone et esquissa une courbette.

– Votre serviteur. Excusez-moi. N'en doutez pas, de nombreux admirateurs se disputeront âprement la place que je laisse libre.

Le marquis se serait esquivé si la main de Leone ne l'avait retenu.

– Est-ce bien vrai, Justin? Vous me quittez non pour une autre femme, mais parce que vous êtes fatigué?

– Je vous assure, belle Leone, que les seuls bras que je recherche en ce moment sont ceux de Morphée.

– Dans ce cas, je vous souhaite une bonne nuit, milord. Peut-être rêverez-vous de moi...

– Le contraire m'étonnerait beaucoup, répondit le marquis avec une pointe de cynisme.

Il s'en alla enfin. Leone le suivit longtemps des

yeux et trouva plus belles que jamais sa mince silhouette et sa taille bien prise.

Tu ne m'échapperas pas! se promit-elle en secret.

Le marquis gagna le vestibule par l'escalier monumental décoré de plantes vertes. Des laquais s'y tenaient, prêts à bondir pour appeler les cochers.

— La voiture du très noble marquis d'Alton! cria l'un d'eux.

Presque aussitôt apparut un élégant cabriolet jaune et noir tiré par des chevaux rouans. Sur le point d'y monter, le marquis hésita et, s'adressant au laquais qui avait appelé sa voiture, demanda :

— Il y a vingt minutes environ, avez-vous vu passer une jeune dame, une très jeune dame?

— Oui, milord. Une très jeune dame. Je l'ai remarquée, parce que personne ne l'accompagnait. Elle a réclamé une voiture de louage.

— Pour aller où?

Le laquais quitta son poste pour aller se renseigner auprès d'un porte-flambeau et revint peu après.

— Numéro 9, Queen's Walk, Chelsea.

Le marquis gratifia le laquais d'une guinée, puis reprit son chemin. Il allait partir lorsqu'une voix l'arrêta.

— Attendez une minute, Alton!

C'était lord Hawkesbury qui descendait les marches quatre à quatre.

— De graves nouvelles, monsieur le secrétaire d'État? s'enquit le marquis.

— Pas du tout. Mais je suis fatigué et las de cette fête. Je m'éclipse, Alton. Auriez-vous la bonté de me prendre dans votre voiture? Je n'habite pas très loin.

— Mais très volontiers.

Lord Hawkesbury s'installa dans le cabriolet bien rembourré, fait pour aller vite, et donna au cocher l'ordre de se rendre à Hanover Square. Puis, sans façon, il poussa un profond soupir et prit ses aises en posant ses pieds sur la banquette opposée.

— Ces affaires m'épuisent. Par bonheur, Son Altesse Royale ne s'est pas éternisée.

Pourvu, se dit le marquis, que lord Hawkesbury n'ait pas remarqué mon absence prolongée.

Il se souvint alors qu'il avait complètement négligé son hôte et même omis de le saluer à son départ.

— Cela n'a pas d'importance de partir maintenant. Ma femme s'occupe de tout et de tous, dit lord Hawkesbury. Elle adore ce genre de corvée. Entre nous soit dit, Alton, tous ces gens m'ennuient au plus haut point.

— Je partage tout à fait votre sentiment. Cependant, vous avez insisté pour que je sois présent.

— Certes. Mais, ce matin, lorsque je suis entré dans votre bureau et que je vous ai vu en compagnie de Lawson, je voulais vous dire autre chose.

— Lawson mérite notre confiance, mais aujourd'hui on n'est jamais assez prudent.

— En effet. Nous oublions trop facilement, par exemple, que les domestiques ont des oreilles.

— Est-ce là ce que vous souhaitiez me dire?

— Non. Ce matin, nous avons reçu un message d'un de nos agents de l'autre côté de la Manche. Il semble que Bonaparte se livre à d'énormes préparatifs d'invasion. On ignore le nombre exact de navires et d'hommes rassemblés dans ce but, mais Bonaparte aurait dit : « Peu importe que dix ou vingt mille hommes se noient au cours de la traversée! »

– Seigneur! s'exclama le marquis. Voilà qui annonce une invasion de grande envergure!

– Telle que nous la prévoyions. Je vous en apporte la confirmation. Mais ce n'est pas fini...

– Je vous en prie.

– Bonaparte aurait poursuivi : « Nous nous attendons à en perdre autant dans la bataille. Or, cette bataille nous ouvrirait les portes de l'Angleterre. »

– Pouvons-nous les repousser?

– Je le pense. Cet après-midi, j'ai participé à une réunion secrète du Cabinet. Notre force défensive, surtout composée par les volontaires, représente une armée considérable. Mais il nous serait utile de savoir de quels ports les bateaux partiront.

– Les Hollandais participent-ils à l'invasion?

– Les rapports de nos informateurs à ce sujet sont très contradictoires. Une chose reste cependant certaine : Napoléon, s'il le peut, nous envahira. L'heure, le jour et le mois dépendront du temps.

– Prions pour que le vent continue à souffler. Hier, Mr Pitt m'a assuré que l'état de la Manche ne convenait pas du tout à des embarcations à fond plat.

– Si seulement nous disposions de plus de temps!

– Il nous faudrait en effet beaucoup de temps pour armer nos volontaires comme ils devraient l'être. Je ne peux admettre que l'on oppose aux vétérans de Napoléon de braves gens équipés d'une pique.

Lord Hawkesbury eut un petit sourire perfide.

– Qu'attendre d'un Premier ministre tel qu'Addington, toujours prêt à l'apaisement et à la conciliation?

D'un geste las, le marquis signifia qu'il jugeait futile de critiquer le gouvernement.

– En priorité, veillons à ce que Bonaparte ne débarque pas ses troupes là où nous ne l'attendons pas. Si jamais un corps d'hommes bien entraînés perce nos lignes de défense, c'en est fait de nous.

– Soyez certain que je ne néglige aucun effort pour en savoir davantage. Cette semaine, j'ai envoyé en France deux de nos meilleurs agents.

– Selon la méthode habituelle?

– Grâce à la meilleure équipe de contrebandiers du Sud-Est. Ils les débarquent discrètement et, avant de rejoindre l'Angleterre, ils s'efforcent de glaner des renseignements sur la flotte ennemie.

– Qu'avez-vous promis en échange?

– Que les garde-côtes des marais de Romney relâcheraient leur vigilance le mois prochain.

Le marquis éclata de rire.

– Félicitations, milord! Quels dons de conspirateur vous possédez là.

– Tout cela serait fort amusant en d'autres circonstances, Alton. Jusqu'ici, je n'ai jamais eu peur. Mais maintenant, si. Je tremble pour mon pays et l'avenir de mon peuple.

Le secrétaire d'État, volontiers passionné, craignit soudain d'indisposer le marquis.

– Je vous ennuie sans doute, milord.

– Pas le moins du monde. Mon patriotisme ne le cède en rien au vôtre. De plus, j'ai la profonde conviction que, d'une façon ou d'une autre, nous battrons Bonaparte. Ce sera difficile, long, nous perdrons beaucoup d'hommes, mais nous y parviendrons.

La voiture s'arrêta. Lord Hawkesbury regarda par la portière.

– Merci, Alton. Me voici chez moi. Gardez pour vous ce que je vous ai confié, bien que j'aie prié les membres du Cabinet de vous informer de la situation. Comme Mr Pitt, ils sont persuadés qu'il se produit une fuite à l'échelon le plus élevé. Nous comptons sur vous pour découvrir le maudit traître. Tant qu'il courra, notre sécurité sera en danger.

– J'en suis conscient, milord; et je vous assure que je fais tout ce qui est en mon pouvoir pour remédier à cette situation.

Le secrétaire d'État posa la main sur l'épaule du marquis :

– Je sais que nous pouvons compter sur vous. (Il frappa sur la vitre et le laquais ouvrit la portière.)... Bonne nuit, Alton, et merci encore de m'avoir ramené. Non, ne sortez pas. Je devine que vous aspirez à vous coucher au plus tôt.

Lord Hawkesbury salua de la main et gravit les degrés conduisant au perron où ses serviteurs attendaient.

– A la maison? s'enquit le laquais.

– A la maison, confirma le marquis, tout en réfléchissant à la conversation qu'il venait d'avoir avec lord Hawkesbury.

Il bâilla plusieurs fois...

Si Napoléon acceptait de perdre vingt mille hommes au cours de la traversée, il disposait au moins d'une armée de quatre-vingt mille hommes. Des hommes entraînés, des vétérans! Qu'allait-on leur opposer? Les volontaires inexpérimentés.

Il semblait incroyable qu'au cours des deux années d'armistice mises à profit par Bonaparte pour renforcer ses troupes et parfaire son blocus, l'Angleterre ait désarmé et réduit son armée de moitié! A quoi servait-il maintenant de gémir et de regretter une aussi sotte politique?

La voiture s'arrêta au perron. Le marquis sauta sur le tapis et entra dans son vestibule. Le majordome vint à sa rencontre.

– Une dame attend Sa Seigneurie, annonça-t-il.

– Une dame! A une heure pareille?

Sylvina? Il chassa bien vite cette idée saugrenue et passa en revue ses flirts assez effrontés pour venir relancer un célibataire chez lui.

– Qui est-ce? demanda-t-il au majordome.

– Cette dame est voilée, milord.

Le marquis eut un sourire sarcastique. Il savait fort bien qu'un voile n'a jamais dissimulé la vérité à un serviteur.

– A votre avis, Newman?

Le majordome s'approcha du marquis afin de ne pas être entendu des valets :

– A mon humble avis, milord, murmura-t-il, je pense qu'il s'agit de lady Leone Harlington.

– Lady Leone? Elle ne manquerait pas d'audace au point de... (Il s'arrêta net, réfléchit quelques secondes, puis :) Informez cette dame que ma voiture est revenue vide et que j'ai envoyé un message pour prévenir que je ne dormirai pas chez moi cette nuit.

– Bien, milord, répondit le majordome parfaitement impassible.

Le marquis pivota sur ses talons, franchit à nouveau le seuil et redescendit les marches.

– Votre voiture, milord? s'enquit le laquais.

Le marquis déclina l'offre d'un geste.

— J'irai à pied.

Il s'éloigna d'un pas rapide, gagna le square et se cacha derrière un buisson de lilas, au pied d'un grand arbre. L'air apportait des senteurs de giroflées qui lui rappelèrent d'abord Alton Park, puis, immanquablement la forêt et, bien entendu, Sylvina.

Elle l'avait mis en garde contre une femme qui lui « tendait un piège »...

Or, son instinct l'avertissait qu'en ce moment même quelqu'un lui tendait un piège.

De buissons en arbustes, le marquis se retrouva bientôt presque en face de chez lui, mais à l'abri d'un seringua monumental qui lui dispensa généreusement son pollen.

La porte d'Alton House s'ouvrit et la lumière des chandeliers de cristal se répandit sur le perron jusqu'au trottoir.

Un laquais descendit les marches à toute vitesse. Sans doute pour aller quérir une voiture de louage, se dit le marquis. En effet, il revint quelques minutes plus tard, avec une voiture.

Alors, une silhouette au visage voilé apparut dans l'encadrement de la porte et courut à la rencontre de la voiture...

Pas de doute, la robe rouge au décolleté très profond était celle que portait Leone au bal des Affaires étrangères!

La voiture s'éloigna, mais le marquis ne bougea pas de sa cachette. Il s'y trouvait depuis dix minutes lorsqu'arriva, lancée à une vitesse folle, une calèche transportant quatre jeunes hommes de fort joyeuse humeur. Le conducteur, en état d'ivresse, portait son haut-de-forme de guingois. Il immobilisa ses bêtes, abandonna les rênes à un groom, sauta à terre et alla soulever le marteau d'Alton House.

Ses compagnons le suivaient tant bien que mal.

– Les témoins! murmura le marquis.

La porte s'ouvrit et le vicomte Thatford dit à haute voix :

– Je désire parler au marquis d'Alton. Conduisez-moi à Sa Seigneurie!

– Sa Seigneurie n'est pas chez elle, sir.

– J'ai toutes les raisons de mettre en doute cette affirmation.

Entraînant ses compagnons, il entra dans le vestibule.

Le marquis entendit le bruit de l'altercation qui s'ensuivit et aux claquements de portes comprit que le vicomte et ses amis entraient dans le petit salon du rez-de-chaussée, dans la bibliothèque et dans la salle à manger.

Les domestiques essayèrent bien de les dissuader, mais rien n'y fit.

Le vicomte s'élança dans l'escalier, sans doute dans l'intention de fouiller les chambres.

Cette dernière impudence porta à son paroxysme l'indignation du marquis. Mais il se dit sagement que son intervention à cet instant ne servirait en rien ses desseins.

Plus tard, il rechercherait ces insolents un par un et leur ferait payer cher cette intrusion.

Finalement découragés, le vicomte et ses compagnons reparurent sur le perron. Le marquis ne pouvait apercevoir le visage du vicomte, mais il l'imaginait sans peine.

Le petit groupe remonta dans la calèche et s'en alla, cette fois sans rires et sans cris. Lorsque la voiture eut disparu, le marquis sortit de son abri et regagna sa maison. Un laquais accourut au premier coup de marteau.

– Milord! Je croyais...

— J'ai changé d'avis.
— Des messieurs sortents d'ici, milord, ils...
— Je sais. Je m'en occuperai. Soyez-en tous sûrs, je m'occuperai d'eux, un jour.

Il entra dans la bibliothèque et s'assit dans un fauteuil. Un valet lui apporta une carafe de brandy, la déposa, attendit quelques secondes un ordre qui ne vint pas, puis se retira et referma doucement la porte derrière lui.

Le marquis resta immobile un long moment. Il se sentait comme un homme qui vient d'échapper par miracle à un danger.

Maintenant il comprenait pourquoi Leone avait insisté pour connaître ses intentions après le bal. Elle avait préparé toute cette mise en scène et choisi une nuit où elle serait certaine de le trouver chez lui.

Elle l'aurait poussé à se montrer pressant et, au bon moment, le vicomte serait intervenu. Dès lors, le piège se refermait inexorablement. Sommé de réparer les torts faits à la réputation de Leone, le marquis ne pouvait qu'obtempérer et l'épouser.

Mais Sylvina l'avait sauvé, grâce à sa prédiction!

Sans elle, il se fût rendu dans le salon, espérant y retrouver une femme mariée, donc infiniment moins compromettante que Leone.

Le marquis tendit la main et se servit un peu de brandy. Il en avait grand besoin, car sa liberté n'avait tenu qu'à un cheveu.

S'il avait épousé Leone, ne l'aurait-elle pas fait souffrir, comme Sylvina l'avait prédit? N'avait-elle pas déjà rouvert de vieilles blessures mal cicatrisées? De toute façon, il n'oublierait jamais.

Installé dans un fauteuil, un verre de brandy à

la main, il revécut toutes les péripéties de son premier amour...

Très jeune, encore influençable, il s'était engagé, à sa sortie d'Oxford. Du premier coup d'œil, il avait cru découvrir en Héloïse non une jolie mortelle, mais une déesse.

Il lui fallut beaucoup de temps pour se rendre compte qu'il se trompait. Epouse d'un obscur officier de l'armée de terre, elle paraissait d'autant plus attirante que les jolies femmes étaient fort rares dans le camp.

On confia un jour au marquis, alors vicomte Bourne, que son mari la traitait avec cruauté, et tout feu tout flamme, le marquis faillit provoquer le butor en duel. Héloïse eut toutes les peines du monde à le dissuader d'une telle folie.

Elle prenait un vif plaisir à la cour ardente dont elle était l'objet et se sentait flattée par le rang de son jeune admirateur.

Quant au marquis, il baignait dans la félicité. Il avait du mal à croire qu'elle l'aimât, qu'elle fût prête à lui céder.

A peine osait-il rêver d'une telle éventualité. Mais un jour, l'occasion se présenta et le marquis crut alors que s'ouvrait devant lui les portes du paradis.

Peu de temps après, au cours de manœuvres, le mari trouva la mort. Fort opportunément.

Le marquis pouvait enfin épouser la merveille venue d'une autre planète.

Les obsèques terminées et après les premières semaines de deuil, il informa Héloïse qu'il demandait une permission spéciale afin de rendre visite à son père.

– Je sais, dit-il à Héloïse, qu'il nous faudra attendre longtemps, car votre deuil ne saurait durer moins de douze mois. Mais je voudrais consulter mon père et lui expliquer ce que vous représentez à mes yeux. Je suis sûr que l'amour que je vous porte le convaincra de vous accepter dans la famille.

Mais au fond de lui-même il éprouvait beaucoup moins de confiance qu'il en exprimait. Son père, en effet, était très fier de son nom, de sa position à la cour et dans les affaires du royaume.

Le vieux marquis n'accueillerait pas de gaieté de cœur la perspective d'une mésalliance.

Fille d'un obscur notaire de province et veuve d'un terne officier d'infanterie, Héloïse ne correspondait pas du tout à l'idée que le père et la mère du vicomte Bourne se faisaient de la future marquise d'Alton.

Mais n'est-il pas dans la nature de l'amour de surmonter tous les obstacles? Le vicomte partit donc pour Alton Park d'un cœur léger et prêt à tous les efforts nécessaires pour persuader ses parents de son bon choix.

Il venait de parcourir dix milles lorsqu'il lui vint une idée.

Au lieu de vanter Héloïse, se dit-il, ne vaudrait-il pas mieux que ses parents la voient et la jugent eux-mêmes?

S'il la leur présentait, ne seraient-ils pas captivés comme lui-même l'avait été par sa beauté, sa douceur et ses manières?

Il tourna bride, revint au camp et se présenta chez Héloïse sans se faire annoncer, car tout formalisme avait disparu entre eux.

Le salon était vide. Il monta dans la chambre. Héloïse s'y trouvait mais pas seule...

Au seul souvenir de cet instant, le marquis ressentait encore dans sa poitrine la lancinante douleur qui avait suivi le choc.

Il revoyait avec précision la stupéfaction d'Héloïse et la tête de l'officier couché à côté d'elle...

Sur le moment, la terre avait paru basculer puis, après s'être ressaisi, il avait filé à bride abattue, brisé, anéanti, marqué à jamais par cette humiliation.

Quelques jours plus tard, il embarquait pour le continent en guerre, avec la ferme volonté de mourir au combat.

Il se risqua au cœur des combats les plus dangereux sans se soucier de sa sécurité et reçut, non pas la mort, mais une décoration.

Celle-là, il ne la portait jamais...

Puis le temps atténua ses souffrances et il reprit le goût de vivre. Mais la malheureuse expérience avait transformé le jeune homme en un cynique dandy persuadé qu'il n'existait au monde aucune femme, si pure et si innocente fût-elle, qu'un homme ne pût séduire.

Comme Héloïse n'appartenait pas au grand monde, la mésaventure ne se répandit jamais et, bien sûr, le vicomte ne se confia à personne. Aussi chacun s'interrogea sur l'origine de son cynisme invétéré.

Il ne séduisit des femmes mariées que pour se venger d'Héloïse. Elle avait tué toutes ses illusions. Seul le désir de vengeance l'habitait.

Il lui sembla que les femmes dont il brisait le cœur ressemblaient peu ou prou à Héloïse...

Le marquis se leva soudain. Héloïse? Leone? deux femmes de la même espèce! se dit-il. Une maudite vengeance, toujours prête à avilir les hommes...

Il se dirigea vers la fenêtre et ouvrit les rideaux. L'aube pointait à peine, dissipant les ténèbres où brillaient encore des étoiles.

- Au diable les femmes! dit le marquis à haute voix. Je ne me marierai jamais!

Mais à cet instant précis, il se souvint : sur sa bouche, plus douces que des pétales de fleur, plus douces qu'une aile de papillon, les lèvres de Sylvina...

Il sut alors, avec une certitude totale, qu'il avait été le premier à l'embrasser.

6

Lorsque Sylvina entra lentement dans la salle à manger, son frère leva les yeux au-dessus de son petit déjeuner :
– Qu'est-ce qui t'a pris, hier soir, de te conduire d'une façon aussi répréhensible?
Sylvina s'assit à l'autre extrémité de la table.
– Je t'ai laissé un message. Un laquais m'a affirmé qu'il te connaissait de vue et promis qu'il t'informerait de mon départ.
– J'ai bien reçu ce message, mais après que Mr Cuddington eut remué ciel et terre pour savoir où tu étais passée. Il t'avait pourtant recommandé de ne pas t'éloigner.
– Je ne souhaitais pas rester plus longtemps.
– Tu ne souhaitais pas rester! C'est un comble! Tu n'imaginais donc pas dans quelle position tu me mettais vis-à-vis de Cuddington qui, me traitant en domestique, a entrepris de fouiller le jardin à ta recherche? Sylvina, nous lui avons bien mal témoigné notre reconnaissance pour son hospitalité. Après tout, il nous a offert à dîner et il a même payé...
Sylvina, piquée au vif, leva les yeux :
– Payé... quoi?
– N'en parlons plus!

— Payé quoi? insista-t-elle.

Dans son visage très pâle, ses yeux paraissaient encore plus grands.

— ...Tu te disposais à dire qu'il a payé ma robe, oui ou non? Cette robe que je croyais être un cadeau de ta part ?

— Puisque tu insistes, soit, telle est la vérité. Cuddington tenait tant à ce que tu sois belle! Il voulait impressionner ses amis. Il est fier de toi, tu comprends?

— Fier de moi? Il veut que je lui appartienne! Que tu lui aies permis de m'acheter une robe est une humiliation comme je n'en ai encore jamais subie!

Elle éclata en sanglots. Gêné, son frère repoussa son assiette, et essaya de se défendre.

— Calme-toi! Après tout tu vas l'épouser!

— Un homme que j'exècre!

— Pourquoi faire tant d'histoires? Nous avons déjà parlé de tout cela. Tu sais fort bien que si tu ne l'épouses pas, je devrai passer par le poteau d'exécution!

— Je le sais, en effet. C'est pour toi seul que je fais tout ceci, Clyde... parce que... je t'aime... parce que je dois... sauver l'honneur de la famille! Mais tu n'ignores pas quelle sorte d'homme il est!

— Tu ne peux l'apprécier car tu l'as détesté dès l'instant où tu l'as rencontré! Je trouve pourtant qu'il s'est bien conduit avec nous. Tu aurais pu tomber plus mal! Il passe pour l'un des fonctionnaires les plus brillants au ministère des Affaires étrangères. A quarante ans, il est secrétaire d'État. A mon avis, il est appelé à remplacer lord Hawkesbury! Oh! je sais que maman le traiterait de parvenu, car son père vendait de la laine. Mais qu'importe! Il est ambitieux!

— C'est bien pour cela qu'il me convoite. Il

désire une épouse de sang noble. Il ne s'en cache pas! Il cherche à s'introduire dans les cercles à la mode et pour cela il me veut habillée en grande dame et paie ma robe! Si je l'avais su, je serais morte de honte!

— Sottises, que tout cela! Tu exagères toujours. Que de bruit autour d'une robe! Quand tu seras sa femme, il t'en offrira plus d'une!

— Si je l'épouse...

Le jeune homme se leva, contourna la table et vint poser doucement la main sur l'épaule de sa sœur.

— Je suis conscient de te demander beaucoup, mais que pourrais-je faire d'autre? Tu sais qu'Alton se tient prêt à fondre au moindre soupçon. Si Cuddington lui glisse mon nom au creux de l'oreille, c'en est fait de moi!

Sylvina s'attendrit au point de poser sa joue sur le bras de son frère.

— Entendu, très cher. Je m'exécuterai, je m'exécuterai. Mais quelque chose en lui... me... dégoûte. Hier soir, je n'ai pu me contraindre à le revoir.

— Il s'en remettra. A propos, tant que j'y pense : il viendra te voir vers midi.

— Ici? Mais je t'ai dit que je ne voulais pas me trouver seule avec lui. Tu as promis.

— Soit, soit! Il viendra accompagné d'une de nos vieilles connaissances d'Espagne.

— D'Espagne?

— Oui, le comte Armand de Vallien. Te souviens-tu?

— Bien entendu! Son père était l'ambassadeur de France à Madrid, je l'ai revu à Paris, lorsque notre père m'a emmenée en voyage.

— Si j'ai bien compris, il attend quelque chose de toi.

— De moi? Que diable pourrais-je lui donner?
— Cuddington t'expliquera tout. Ainsi, ils seront deux. Donc ne t'énerve pas.
— De toute façon, Bessie ne me quittera pas.
— Courage, Sylvina, la situation n'est pas aussi sombre que tu le crois. Je gage qu'en ce moment Cuddington a oublié sa colère. Hier soir, ta conduite l'a mis dans tous ses états. Bon! maintenant, il faut que je parte. Je vais être en retard au bureau.

Une fois seule, Sylvina resta longtemps assise à réfléchir, les yeux fixés sur un plat qu'elle ne voyait même pas. Puis, enfin, elle se leva et alla se poster à la fenêtre. Devant elle s'étendait un petit parc.

Elle avait d'abord choisi la maison à cause du parc, tache de verdure dans le sombre chaos londonien. Elle n'avait appris que peu à peu à découvrir la beauté de Londres, car cette ville se dérobait à l'observateur peu averti. C'est ainsi qu'elle trouva du charme à la brume bleue qui, la nuit, recouvre le fleuve, aux reflets du soleil pâle sur les toits et les cheminées, aux parterres de fleurs dans les parcs...

Parcs?... Aussitôt, elle se souvint de la nuit précédente et, d'instinct, porta un doigt à ses lèvres... Les lèvres de Justin avaient touché les siennes! Justin l'avait prise dans ses bras et elle avait ressenti dans sa poitrine une oppressante et délicieuse extaxe.

Justin l'avait embrassée!

Elle aurait volontiers revécu la scène à l'infini, mais elle se rappela soudain ses tâches quotidiennes et partit rejoindre Bessie.

Tous les jours, il fallait nettoyer et repasser les vêtements de Clyde, cirer ses bottes et vérifier tous ses boutons.

Clyde était pauvre, mais devait paraître riche. Clyde présidait aux destinées de la famille. Sur son lit de mort, leur mère avait murmuré son nom.

Clyde avait tout reçu, ou presque, sans que Sylvina en éprouvât la moindre jalousie.

– C'est un homme, disait-elle à Bessie. Il doit faire bonne figure parmi ses amis.

Elle sacrifiait tout pour que Clyde pût se rendre aux bals, aux réunions où il était convié. De toute façon, Sylvina n'éprouvait aucun attrait pour ces distractions.

Elle restait chez elle, lisant et étudiant, quelquefois jusqu'au petit matin.

– Sur quoi allez-vous encore vous abîmer la vue? demandait Bessie.

– Sur mon espagnol, qui se rouille lamentablement. Il y a sept ans, n'est-ce pas, en 1796, que l'Espagne a déclaré la guerre à l'Angleterre? Papa était si en colère à l'idée de quitter l'ambassade qu'il ne parvenait pas à donner des ordres. Maman s'est donc occupée de tout et je l'ai beaucoup aidée parce que je parlais espagnol mieux qu'elle.

– Je doute que l'espagnol vous serve à l'avenir. Napoléon occupe l'Espagne, pour longtemps sans doute.

– Pour longtemps, peut-être, mais pas pour toujours! protesta gravement Sylvina.

– Il y a tant de parvenus dans ce bas monde qu'il ne reste plus de place pour les honnêtes gens!

– Dans quelle catégorie te ranges-tu?

– Oh!... Si je ne suis pas, moi, une honnête personne, qui diable peut se vanter de l'être?

De fil en aiguille, Bessie tenta d'apaiser les appréhensions de Sylvina au sujet de Mr Cuddington. Mais la jeune fille ne l'entendit pas de cette oreille.

— Je déteste jusqu'à l'idée de sa prochaine visite. Il me déplaît au plus haut point de le voir pénétrer dans notre intimité. Même après son départ, une atmosphère malsaine continue à flotter dans la maison...

— Miss Sylvina, il faut savoir s'accommoder de tout. Ne m'avez-vous pas dit que vous deviez lui faire bonne figure par égard pour Mr Clyde? Aussi, à quoi bon vous mettre dans cet état d'énervement? Calmez-vous, allez promener Columbus dans le jardin. Sa patte est presque guérie, maintenant.

— Bonne idée, Bessie! Bientôt, il pourra sans doute trotter dans le parc.

Elle souleva le petit chien puis appliqua sa joue contre sa patte blessée :

— Allons, viens, mon pauvre petit blessé. Partons marcher au soleil. Imaginons que nous gambadons dans une forêt...

A cette évocation, l'expression du visage de Sylvina changea de telle façon que Bessie en resta muette de surprise. Sylvina pivota sur ses talons, descendit quatre à quatre l'escalier et déboucha sur le petit jardin privé de Queen's Walk.

Là parmi les fleurs, les arbustes et les arbres, elle perdit vite la notion du temps. De délicieux souvenirs lui revinrent en mémoire. Elle repensa, notamment, au temple grec et à un certain regard gris, à la fois loyal, ferme et empreint d'une mystérieuse qualité qui faisait battre son cœur plus vite et rendait sa respiration plus difficile...

Elle parait le jeune homme d'une aura de chevalier errant.

– Sir Justin! murmura-t-elle.

Mais au même instant, elle se souvint que ses visiteurs allaient se présenter d'une minute à l'autre.

– Viens, Columbus! Il est temps que je me préoccupe de ton dîner!

Elle le prit de nouveau dans ses bras et repartit vers la maison. Le soleil embrasait ses cheveux, le vent gonflait sa robe de mousseline...

C'est alors que le marquis l'aperçut. Il tira les rênes, les tendit à son groom et sauta de son phaéton.

– Promenez les chevaux en m'attendant, John.

Sylvina arrivait au sommet du perron lorsqu'il la rejoignit. Entendant des pas, elle se retourna sans hâte :

– V... vous!
– Pensiez-vous m'échapper?
– Je... je ne... sais... que...
– Il est préférable de rentrer, voulez-vous?

Sans un mot, elle le précéda dans le salon du rez-de-chaussée. Le marquis ferma la porte derrière lui. Sylvina posa Columbus sur un coussin avec tant de grâce qu'il en fut ému au plus profond de lui-même.

– Comment... m'avez-vous trouvée?
– Pourquoi vous êtes-vous enfuie?
– Je ne voulais plus vous revoir.

Le marquis s'approcha d'elle.

– Pensez-vous que ce soit vraiment possible? Je crois, moi, que le destin a décidé de nous réunir. A quoi bon lutter contre lui?

– Je n'arrive... pas... à comprendre... comment... vous m'avez retrouvée. Il faut que vous partiez, Justin, tout de suite. Oubliez-moi. Oubliez que nous nous sommes rencontrés.

— Après ce qui s'est passé cette nuit entre nous? Avez-vous oublié, Sylvina, que je vous ai embrassée?

Elle essaya de soutenir le regard du marquis puis, lentement, baissa les yeux.

— C'était... très mal et... inconvenant.

— Non! C'était merveilleux, si merveilleux que des mots ne suffiraient pas à l'exprimer, si merveilleux que je ne soupçonnais pas qu'un tel bonheur puisse exister! Sylvina, j'ai la vanité de penser que j'ai été le premier à vous embrasser. Est-ce que je me trompe?

— Non, c'est vrai! articula-t-elle en rougissant.

— Dans ce cas, ma chérie, pourquoi voulez-vous me renvoyer?

Sylvina posa la main sur le dessus de la cheminée et la crispa si fort que ses articulations blanchirent.

— Je... je... vais me marier.

Passé le premier moment de surprise, le marquis s'approcha un peu plus de la jeune fille.

— Vous allez vous marier... et cependant vous m'aimez.

— Ce n'est pas vrai.

— Alors, dites-moi pourquoi vous tremblez. Pourquoi, aussi, votre cœur bat-il si fort? Pourquoi vous sentez-vous oppressée, pourquoi vos yeux brillent-ils comme des étoiles?

— Je vous en supplie, ne me dites pas toutes ces choses!

— Regardez-moi, Sylvina...

Mais elle baissa les yeux.

— J'insiste, Sylvina.

Le marquis prit le menton de la jeune fille et, lentement, l'obligea à lever la tête.

— Regardez-moi, regardez-moi au fond des

yeux et dites-moi que vous ne m'aimez pas. Après, je vous promets que je m'en irai.

Sylvina fit un effort pour le regarder en face. Elle tremblait. Combien de temps se fixèrent-ils ainsi? Ils ne le surent jamais, mais soudain, la jeune fille se retrouva dans les bras du marquis.

Cette fois, le baiser qui les unit n'eut rien de l'effleurement léger de la nuit précédente. Ce fut un baiser passionné, profond, qui fit d'eux une seule et même personne et les retrancha du monde.

Sur la cheminée, une pendule égrena les heures et le carillon, peu à peu, ramena la jeune fille à la réalité. Elle se dégagea brusquement et poussa un cri d'horreur :

– Partez! Il faut que vous partiez tout de suite. Je vous en supplie, partez!

Le marquis voulut pourtant se justifier. Elle lui appliqua un doigt sur les lèvres.

– Je ne peux vous expliquer, je n'ai pas le temps. Mais si vous éprouvez la moindre affection pour moi, je vous en supplie, montrez-le en partant, vite, vite...

Le marquis lui prit la main pour y déposer un baiser. Il la sentait désespérée.

– Je m'en vais, Sylvina, puisque vous insistez. Mais sachez que je reviendrai.

– Oui... mais partez. Quelque chose de capital est en jeu. Sinon, je n'insisterais pas de la sorte.

Il lâcha sa main, prit son chapeau qu'il avait posé sur une chaise et se dirigea vers la porte.

– Etes-vous certaine que je doive vous quitter?

– Tout... tout à fait. Allez, allez...

Cédant à la terreur évidente de la jeune fille, le

marquis se contraignit enfin à revenir sur ses pas.

Sylvina n'esquissa pas le moindre geste pour le raccompagner et, tant qu'elle n'entendit pas la porte d'entrée se refermer, elle se tint, la main sur le cœur, parfaitement immobile au centre du salon.

Puis elle se lança dans l'escalier et gagna sa chambre. Là, elle contint ses larmes, se contraignit à ne pas se jeter sur son lit pour enfouir sa tête dans l'oreiller et, faisant appel à toute sa volonté, parvint à s'asseoir devant sa coiffeuse.

L'image que lui renvoya le miroir la surprit. Il lui semblait qu'on avait, au moyen d'une baguette magique, opéré en elle un subtil changement. Ses yeux paraissaient conserver l'éclat du soleil de cette journée toute neuve, sa bouche aux lèvres carmin palpitait doucement, et ses joues se teintaient d'un rose inaccoutumé.

Sylvina sut alors qu'elle n'avait jamais été aussi jolie...

On frappa à la porte. Elle ne répondit pas. La porte s'ouvrit.

— Ces messieurs sont là, miss Sylvina, annonça Bessie.

— Déjà! J'espère qu'ils ne l'ont pas rencontré.

— La pendule du salon avance de quatre minutes par jour! Il faut que je la fasse régler.

— Dans ce cas, ils ne l'ont pas vu, murmura tout bas Sylvina.

— Il faut descendre, miss Sylvina.

— Je sais.

Elle prit une longue inspiration, rectifia machinalement sa chevelure et s'engagea dans l'escalier, soucieuse des battements sourds de son cœur, appréhendant l'épreuve qui l'attendait.

A quelques pas du salon, elle n'avait pas

encore retrouvé son calme. Le sang cognait à ses tempes. Elle s'arrêta.

Les deux visiteurs conversaient en français. Les intonations de l'un d'eux ravivèrent en Sylvina de vieux souvenirs, les marronniers du Bois, la Seine reflétant le ciel bleu, les marchands de fleurs sur les marches de la Madeleine...

Mais Cuddington fit brusquement irruption dans son rêve. Ah! qu'elle le détestait!

Son français était correct mais laborieux. Jamais il ne saurait exprimer la poésie et le rythme de la langue française!

— Alors, prêt pour l'invasion? demanda le comte.

De peur de se montrer indiscrète, Sylvina se résolut à entrer. Les deux hommes s'interrompirent. Mr Cuddington, tout sourire, vint à sa rencontre, lui prit la main et la porta à ses lèvres. Sylvina parvint à réprimer un frisson.

— Bonjour, ma chère enfant. Ayez la bonté de pardonner une visite aussi matinale. Et maintenant, voici la surprise que je vous réservais : un vieil ami, un ami d'enfance, le comte Armand de Vallien! Vous souvenez-vous de lui?

— Certes. Nous nous sommes rencontrés à Paris, il y a deux ans.

— En ce qui me concerne, répondit galamment le comte, je ne pourrais l'oublier. Vous accompagniez alors votre très distingué père. Veuillez accepter mes très sincères condoléances. La nouvelle de sa mort a frappé de stupeur ma famille et moi-même.

— Merci beaucoup, monsieur.

— Le comte se propose de solliciter de vous une faveur, intervint Cuddington avec une pointe d'impatience dans la voix.

— Une faveur? Oh! excusez-moi, messieurs, je ne vous ai pas encore priés de vous asseoir.

Elle choisit une chaise adossée à la fenêtre, obligeant ainsi les deux messieurs à s'installer sur le sofa de velours français à bois doré.

Corpulent, large d'épaules, Cuddington arborait un visage aux traits lourds trahissant son humble origine, mais il avait le front haut. Ses yeux très rapprochés et ses lèvres épaisses trahissaient un homme sensuel.

Le comte, en revanche, était d'une minceur tout aristocratique soulignée par ses pantalons collants et la raideur de son maintien, imposée par l'énorme cravate méticuleusement nouée autour de son cou.

— Que puis-je faire pour vous, monsieur? s'enquit Sylvina, lorsque le comte fut assis.

Le comte se tourna vers Cuddington, comme pour l'inviter à prendre la parole. L'Anglais s'éclaircit la gorge :

— Monsieur le comte, qui s'est enfui de France car on le soupçonnait de s'opposer au régime de Bonaparte, nous offre ses services pour nous aider à combattre le dictateur. Il pense que le marquis d'Alton pourrait l'utiliser avec profit dans sa chasse aux espions français.

— Je comprends. Mais qu'attendez-vous de moi, au juste?

— Monsieur le comte aurait besoin d'une recommandation, dit Cuddington avant que le Français ait pu répondre, d'un garant susceptible de convaincre le marquis que le comte se présente à nous comme un allié de bonne foi, désireux de contribuer à la défaite du Corse.

— Mais je ne connais pas le marquis!

— Là n'est pas la question! trancha de nouveau Cuddington. Il s'agit seulement que vous parliez au marquis des souvenirs communs que vous partagez avec monsieur le comte, que vous évoquiez les liens unissant autrefois son père et le vôtre, et que vous lui rappeliez la sympathie bien connue de la famille de monsieur le comte pour l'Angleterre.

– Il... il m'est tout à fait impossible de dire tout ceci au marquis d'Alton! protesta Sylvina.

– Préféreriez-vous que je charge Clyde de cette mission?

Sylvina ne se méprit pas sur le sens du propos.

– Non... bien sûr que non!

– Affaire conclue, donc! J'ai déjà pris rendez-vous avec le marquis pour cet après-midi. Le comte nous accompagnera. Pour l'heure vous devez écrire une lettre expliquant le but de l'entrevue. Je vais vous aider en la dictant.

– Pourquoi mettre le marquis d'Alton en cause? Monsieur le comte ne désirerait-il pas travailler auprès d'une autre personne?

– Je sais où mes talents porteront leurs meilleurs fruits, répondit le comte. Et je vous assure, mademoiselle Sylvina, si vous me permettez de vous appeler ainsi en raison des vieux souvenirs qui nous lient, que je dispose de renseignements de première main qui ne manqueront pas d'intéresser le marquis. Je me flatte de penser que Sa Seigneurie accueillera notre initiative avec reconnaissance.

Sylvina se tourna vers Mr Cuddington pour le supplier du regard, mais il souriait perfidement.

Résignée, la jeune fille s'assit à un bureau et prit une plume.

– J'attends.

– La gentille fille! s'exclama Cuddington avec sa coutumière et odieuse familiarité. Maintenant, écrivez...

★

Ce jour-là, le marquis d'Alton ne parcourut même pas les lettres que Mr Lawson plaçait devant lui. Il signa, signa et signa encore en pensant à autre chose.

– Cela finira-t-il un jour?... Lawson! explosa-t-il soudain. J'ai un rendez-vous important cet après-midi. Cette paperasse ne peut-elle attendre jusqu'à demain?

– Vous devez également recevoir le comte Armand de Vallien.

– Qu'est-ce encore?

– J'ai reçu à son sujet une lettre de miss Blaine, expliqua Lawson. Vous vous souvenez sans doute de sir Rendell Blaine, un membre éminent du corps diplomatique promis à un brillant avenir. En fait, il serait devenu notre ambassadeur à Paris en 1802, n'eût été sa disparition prématurée. Lord Whitworth lui a succédé.

– Oui, oui, je me souviens. Sir Rendell a été tué en duel, n'est-ce pas?

– En effet. Telle fut la fin tragique d'un de nos meilleurs diplomates. Personne n'a su au juste de quelle façon sir Rendell avait connu cette femme. Provoqué par un admirateur de la dame en question, il a reçu une balle en plein cœur.

– J'ai entendu parler de cette affaire, bien qu'on ait essayé de l'étouffer.

– Le fils de sir Rendell, Mr Clyde Blaine, travaille ici, milord. Nous avions déjà trop de jeunes diplomates, mais eu égard aux services rendus par son père, lord Hawkesbury a jugé qu'il ne pouvait faire moins pour récompenser la famille.

— J'approuve lord Hawkesbury, répondit le marquis. Mais pourquoi devrais-je recevoir ce Français? Que veut-il?

— J'ai là une lettre de miss Blaine. Elle sollicite une audience pour le comte et, si vous le jugiez nécessaire, elle confirmerait sa requête de vive voix. Je crois savoir qu'elle attend, en compagnie du comte.

— N'ai-je pas dit maintes fois que nous avions trop de monde, en particulier dans mon service?

— Je pense, milord, qu'il serait extrêmement discourtois de ne pas recevoir le comte. De plus, lord Hawkesbury a toujours eu pour principe, lorsqu'une personne se porte garante d'une autre, de recevoir d'abord le garant et, ensuite, le solliciteur. De cette façon, on se forme un meilleur jugement.

— Très bien, très bien. Qu'il en soit ainsi, Lawson. Faites entrer cette dame et prions pour que l'entrevue soit courte!

— Je gage que cette prière sera exaucée, répondit Lawson avec une pointe d'humour.

Le marquis jouait machinalement avec un coupe-papier. Cette entrevue le contrariait. Il avait déjà commandé son phaéton, qui l'attendait sans doute, pour le conduire à Chelsea. Sylvina essayait-elle encore de lui échapper? Peut-être, mais cette fois elle ne réussirait pas!

Il en était là de ses pensées lorsque la porte s'ouvrit.

— Miss Sylvina Blaine, milord, annonça Mr Lawson.

Le marquis leva les yeux et se figea de stupeur. Sylvina, quant à elle, fit quelques pas avant de comprendre à son tour. Ses yeux s'agrandirent, ses lèvres s'entrouvrirent et :

— Je... je... devais voir... le marquis d'Alton... Que faites-vous ici?

Deux ou trois secondes s'écoulèrent en silence.

— Il ne peut s'agir... de... de...

Le marquis se leva :

— Je suis le marquis d'Alton.

Sylvina scruta son interlocuteur comme s'il eût perdu la raison.

— Comment... comment... pourrais-je vous croire, après tout ce qui est... arrivé? Je... je... balbutia-t-elle.

— Ce matin, Sylvina, je me disposais à tout vous dire, mais vous m'avez renvoyé. Cet après-midi, j'allais me rattraper, je vous l'assure.

— Vous... m'avez... trompée sans scrupule... Je vous ai confié les sentiments que m'inspirait le marquis d'Alton et vous n'avez rien dit. Vous m'avez affirmé que nous ne nous trouvions pas sur ses terres. En toute innocence, je me suis promenée dans ses bois et j'ai même mangé à sa table!

— Je ne vous ai pas menti. Je vous ai dit que les bois et temple m'appartenaient. C'est tout à fait vrai.

— Vous saviez, pourtant, que je me méprenais sur votre identité!

— Quelle importance?

— Considérable! car j'ai exprimé que le marquis était...

— ... Vieux et repoussant!

— Vous ne m'avez pas détrompée. Vous m'avez confirmée dans l'erreur! Je vous prenais pour un gentleman-farmer, un homme simple qui abhorrait Londres!

— En cela, Sylvina, vous voyiez juste. J'exploite mes terres et j'éprouve un goût particulier pour la campagne.

– Vous m'avez menti, vous avez fait semblant. Vous avez dû bien rire de ma crédulité, de ma sottise et de ma puérilité!

– Jamais, Sylvina, je ne me suis moqué de vous. En votre compagnie, l'autre jour dans les bois, et hier soir dans le parc, j'ai goûté les plus heureux moments de mon existence.

Dans le silence qui s'ensuivit, Sylvina redouta que le marquis n'entendît les battements de son cœur.

– Je regrette, mais il m'est tout à fait impossible de vous croire, milord. Vous vous êtes diverti une heure environ en compagnie d'une jeune fille crédule, soit! Mais ne prolongeons pas cette comédie, voulez-vous?

– Par exemple! Je ne me suis jamais, à aucun moment, moqué de vous!

Il se dirigea vers Sylvina comme pour la prendre dans ses bras, mais sur le point de le faire, il se rappela ses fonctions et se retint.

– Puis-je solliciter de Sa Seigneurie l'autorisation de me retirer? demanda Sylvina, très pâle.

Le marquis la toisa du regard, puis sur un ton parfaitement neutre, répondit :

– J'ai cru comprendre que vous souhaitiez m'entretenir d'une affaire...

– C'est vrai.

– Dans ce cas, asseyez-vous.

Sylvina obéit.

– ... Vous souhaitiez, si je ne me trompe, me recommander le comte Armand de Vallien, lequel sollicite un emploi dans mon service.

– En effet.

– Depuis quand connaissez-vous le comte?

– Depuis mon enfance.

– Votre père était sir Rendell Blaine, un très distingué diplomate.

Sylvina approuva d'un signe de tête.
— Où avez-vous rencontré le comte?
— A notre ambassade en Espagne d'abord, à Paris ensuite.
— Quand avez-vous séjourné en Autriche?
Comprenant le vrai sens de cette question, la jeune fille ne put s'empêcher de rougir.
— Mon père a été conseiller à la Cour de Vienne jusqu'à l'invasion. J'avais neuf ans à notre départ pour l'Espagne.
— Merci, je pense que ce sera tout. Peut-être vais-je maintenant faire la connaissance du comte.
— Je remercie Sa Seigneurie d'avoir bien voulu m'entendre.

Elle se leva et se dirigea vers la porte.
— Un instant, Sylvina! Ne nous quittons pas ainsi : me pardonnez-vous?
— Non, non et non! Vous avez souillé les plus beaux moments de ma vie que j'aie jamais vécus! Vous avez... tué nos rêves! Je... je... vous hais!
— Soit, Sylvina. Mais je vous jure que je ferai tout ce qui sera en mon pouvoir pour vous faire changer d'avis!
— C'est inutile!
— Dans ce cas, peut-être me direz-vous le nom du très heureux et très enviable jeune gentilhomme auquel vous avez promis votre main?

Sylvina se redressa de toute sa taille.
— Il s'appelle Mr Roger Cuddington, sous-secrétaire d'État aux Affaires étrangères et, comme tel, collègue de Votre Seigneurie. J'ose espérer que vous respecterez le souhait que Mr Cuddington et moi-même avons de tenir nos fiançailles secrètes.

Sur ce, elle se dirigea vers la porte qu'elle ouvrit elle-même.

Lentement, le marquis rejoignit son bureau. Il se trouvait confronté à un problème d'une complexité et d'une ampleur telles qu'il ne savait comment l'aborder.

7

– Comment allez-vous, Alton? Si j'en crois les apparences, vous n'êtes pas au mieux de votre condition, dit en plaisantant l'honorable Perceval Lillington, lorsque le marquis descendit du phaéton pour gravir l'escalier du Ministère.

Bien que son ton fût amical, le marquis le foudroya du regard et passa sans lui dire un mot.

– Qu'est-ce qui diable peut bien tracasser Alton? s'exclama Perceval, peut-être la dernière nouvelle? Il paraît que Bonaparte et ses troupes vont débarquer d'une flotte de ballons. A moins qu'une belle ait fermé sa porte au marquis?

Son compagnon éclata de rire. Le marquis qui avait entendu devint plus sombre encore.

Il traversa le hall sans voir les laquais qui multipliaient les courbettes, entra en trombe dans son bureau, fit claquer la porte derrière lui, s'assit à son bureau et tapota nerveusement le tampon-buvard à monture d'argent.

– Incroyable! Incroyable! se répétait-il sans cesse.

Sylvina venait de lui refuser sa porte pour la sixième fois. A lui, le marquis d'Alton, que le Tout-Londres aurait été honoré de recevoir! Lui, le célibataire le plus adulé de la haute société, celui qui recevait le plus d'invitations par semaine, se voyait interdire l'entrée de la modeste porte verte du 9 de Queen's Walk!

Il avait écrit à Sylvina. Elle avait renvoyé ses lettres sans les ouvrir. Ce matin, il avait même tenté de faire de Bessie son alliée.

— Il faut absolument que je voie miss Blaine, avait-il dit. Accepteriez-vous de m'aider?

Sentant qu'il ne parviendrait pas à la corrompre, il n'essaya pas de lui proposer de l'argent et s'en remit seulement à son charme.

— Il n'y a rien à faire, milord, répondit la vieille servante de la famille.

— Avez-vous parlé de mes visites à miss Sylvina? Lui avez-vous remis les fleurs que je lui ai envoyées hier?

— Vous ne l'attendrirez pas avec des fleurs, milord. Vous dépensez là votre argent en pure perte.

— Miss Sylvina a-t-elle jeté mes fleurs?

Bessie secoua la tête :

— Non, elle ne méprise pas les fleurs à ce point. Dès que le phaéton de Votre Seigneurie a été hors de vue, elle est sortie et a donné le bouquet au premier mendiant qu'elle a trouvé sur son chemin, lui recommandant de les revendre pour obtenir quelque argent. Je crois maintenant que le malheureux attendra à notre porte dans l'espoir d'une autre aubaine de ce genre.

Le marquis ne put s'empêcher de rire. Puis, redevenant grave, il insista :

— Il faut que je lui parle, Bessie. Persuadez-la de me recevoir, je vous en prie.

— Je ne peux rien pour vous, milord. En ce moment, elle ne m'écoutera pas, pas plus qu'elle ne veut écouter Sa Seigneurie. Quand miss Sylvina a pris une décision, rien ne peut la faire changer d'avis.

— Souffre-t-elle?

— C'est peu de le dire. Il semble plutôt que son cœur l'a quittée. Je ne l'ai pas vue ainsi depuis la mort de son père. Quel choc ce fut! C'était une famille si unie! Maintenant, je retrouve dans ses yeux le regard désespéré qu'elle avait alors. Je me demande comment Sa Seigneurie l'a blessée de la sorte? Elle avait bien assez de soucis avec ce Mr Cuddington qui ne la ménage guère!

— Qui ne la ménage guère, dites-vous? Et de quel droit?

Sur le point de répondre au marquis que cela n'était pas son affaire, Bessie se ravisa sagement :

— Je l'ignore, milord. Je l'ignore, je vous le jure. Mais si Madame vivait encore, elle ne lui accorderait la main de sa fille pour rien au monde!

— Pourquoi Sylvina accepte-t-elle?

— Miss Sylvina ne se confie plus à moi depuis son déplacement à Alton Green. Avant, elle me traitait en amie intime et ne me cachait rien. Mais, depuis ce voyage, à la suite de la mort de ma sœur, elle a changé du tout au tout.

— De quelle façon?

— Difficile à expliquer... Elle est rêveuse... comment dirais-je?... effrayée. Elle a toujours été sensible, remarquez bien, très sensible. Autrefois, je l'appelais même « ma petite fée »... (Bessie sourit à cette évocation, puis :) ... Bébé, elle tendait ses menottes vers les fleurs et le soleil. Enfant, elle se plaisait surtout dans les jardins et les bois.

— Elle me l'a dit.

— Lorsque nous habitions Vienne, elle n'avait de cesse que sir Rendell l'emmenât en promenade dans la forêt. L'ambassade de Madrid disposait d'un parc merveilleux dont, tout simplement, elle s'était approprié les arbres pour mieux rêver. On voyait alors sur son visage cette impression de bonheur... qu'elle avait l'autre jour, lorsque vous êtes parti, juste avant l'arrivée de Mr Cuddington.

– Vous dites bien qu'elle avait l'air heureuse?
– Aussi heureuse qu'un oiseau dans un arbre. Ses yeux brillaient, ses lèvres souriaient. Alors, j'ai pensé de vous tout le bien possible.

Encouragée par le silence du marquis, la vieille servante poursuivit :

– ... Après le départ de Mr Cuddington, miss Sylvina m'a annoncé qu'elle devait sortir pour faire une démarche très déplaisante. Elle a ajouté : « Si le gentilhomme qui m'a rendu visite se présente de nouveau pendant mon absence, prie-le de m'attendre. » Je savais de qui elle voulait parler. « Ah! Bessie! – m'a-t-elle encore dit – Si tu savais comme je voudrais le revoir!... »

Le front du marquis se creusa de rides.

– ... Mais, ce jour-là, vous n'êtes pas revenu, milord. Quant à miss Sylvina, elle est rentrée dans un état complet de désespoir. Je n'ai pu obtenir d'elle le moindre mot. Depuis, je l'entends pleurer sans arrêt dans sa chambre et cela me brise le cœur.

– Quelle affreuse situation! s'exclama le marquis. Savez-vous au moins pourquoi miss Sylvina est allée vous chercher à Alton Green?

– Non, mais à mon avis, elle ne voulait pas se trouver seule avec ce Mr Cuddington. Lorsque Miss Sylvina et Mr Clyde vinrent s'installer à Queen's Walk, la sœur de sir Rendell vivait avec eux. Elle tenait le rôle de chaperon auprès de miss Sylvina. Mais, un jour, elle tomba malade et dut se rendre à Harrogate pour prendre les eaux. Je crains qu'elle ne revienne jamais.

– Ainsi s'explique le déplacement de miss Sylvina à Alton Green. Elle est venue vous chercher pour que vous remplaciez sa tante auprès d'elle, tout simplement.

– Voilà!... Elle a beaucoup insisté sur une recommandation : Bessie, m'a-t-elle dit, surtout ne me laisse pas seule quand ces messieurs viendront me voir. Quoi qu'ils disent, reste dans le salon tout le temps de leur visite.

– Quels messieurs?

– C'est ainsi qu'elle les appelle et je sais bien qui elle désigne ainsi. L'un d'eux surtout lui fait peur. Quand elle lui a parlé, elle tremble de tous ses membres. Il n'arrête pas de lui donner des ordres. C'est le patron, le chef de Mr Clyde. Remarquez bien, je me demande quand même pourquoi Mr Clyde se laisse mener par une personne d'un si mauvais genre...

En toute autre circonstance, le marquis eût souri du mépris alors exprimé par Bessie. Une fois de plus, il constatait la hargne des vieilles servantes à l'égard des parvenus.

– Parlez-moi de lady Blaine, dit-il.

– Je ne devrais pas vous parler du tout, milord. Si miss Sylvina me voyait, elle serait très fâchée.

– Se mettrait-elle en colère?

– Non. Miss Sylvina se met rarement en colère. Mais certaines choses la blessent, d'une façon telle que je me sens très coupable. En fait, elle est d'une douceur angélique. A croire qu'elle n'appartient pas à ce monde, milord.

– Je veux bien le croire mais, malheureusement, elle vit dans ce bas monde et c'est pourquoi je dois l'aider. Je veux dissiper sa peur à jamais.

— Que je serais heureuse si vous y parveniez! Miss Sylvina prétend que personne ne peut l'aider.

— Conduisez-moi à elle, Bessie.

— Impossible, milord! Elle se repose dans sa chambre. Jamais lady Blaine, que Dieu ait son âme, ne me pardonnerait une chose pareille!

— Parlez-moi de lady Blaine. Je vous en ai déjà priée.

— C'était une très belle femme, une Écossaise, nièce de Sa Grâce le duc d'Argyll, aimée et respectée de tous.

— Le duc d'Argyll? Très intéressant.

— Connaîtriez-vous Sa Grâce, milord?

— Je l'ai rencontrée une ou deux fois, à l'occasion de ses très rares visites à Londres. Mais écoutez-moi, Bessie, je vous en prie : voilà cinq fois que Sylvina me refuse sa porte. Cela ne peut durer. Montez à l'étage et suppliez-la de m'accorder, ne serait-ce que cinq minutes. Assurez-la que je quitterai sa maison dès qu'elle le demandera.

— J'accepte d'essayer, milord, et je souhaite même réussir. Mais à votre tour, faites un effort pour me comprendre : je manquerais à mes devoirs si je ne vous laissais pas dehors entre-temps!

— Faites donc votre devoir.

Il alla se poster sur le seuil et, à mille lieues des pensées que son élégante silhouette inspirait aux passantes, il attendit le verdict.

Lorsque Bessie revint, il devina la réponse à son expression.

— Je suis désolée, milord.

— Qu'a-t-elle dit? Répétez-moi ses paroles.

— « Je n'ai rien à dire au marquis d'Alton. Ni maintenant ni jamais! »

Sur le chemin du retour, le marquis toucha le fond du désespoir. Qu'une femme pût lui opposer une telle résistance dépassait son entendement. Par moments, il caressait l'idée de faire son allié de Clyde Blaine, mais il la repoussait bien vite. Il abhorrait les situations ambiguës. Pouvait-il dire au jeune homme :

– Je veux faire ma cour à votre sœur, bien qu'elle soit promise à un autre.

Non, bien sûr!

Face à la fenêtre de son bureau, il contempla longtemps les arbres de St James's Park. Eux aussi lui rappelaient Sylvina. Au milieu d'eux, quelques heures auparavant et par un beau clair de lune, Sylvina, le visage illuminé de bonheur, avait levé les yeux vers lui.

Pourquoi n'avait-il pas été franc avec elle? Pourquoi lui avait-il caché son identité? Parce qu'il redoutait de la perdre! Il se rappelait son refus de s'approcher d'Alton Park, le dégoût qu'elle avait manifesté à l'idée de manger dans le temple grec des mets provenant du marquis d'Alton...

Vieux et effrayant! disait-elle. En parlant du marquis, son regard se voilait et ses lèvres tremblaient.

Que signifiait cette peur? Comment découvrir la vérité?

Il s'était vanté de sa compétence pour résoudre les devinettes. Quelle ironie! Par quel miracle cette frêle jeune fille, de modeste condition, le tenait-elle en échec?

– Par le miracle de son innocence! conclut le marquis. Je n'ai pas l'habitude de tels adversaires! Il faut que je trouve une solution!

A cet instant entra Mr Lawson :

— Bonjour, milord. Excusez-moi. J'ignorais que vous fussiez rentré.
— Ce n'est rien.
— Quelque chose ne va pas, milord?
— Cela même, Mr Lawson.
Le secrétaire attendit une confidence qui ne vint pas et poursuivit :
— Au risque de vous irriter, je dois vous informer que le comte Armand de Vallien s'est de nouveau présenté, dans l'espoir de recevoir une réponse favorable à sa requête. Il attend.
— Qu'il aille au diable! Qu'il me laisse en paix!
— Dois-je l'éconduire, milord?
— Non... Une minute. J'ai une idée...
Tout familier du marquis aurait alors reconnu sur son visage les signes de cette joie profonde qui naît de l'entêtement à vaincre. Quand tout semblait perdu, il disposait encore de toutes les ressources de sa force de caractère. Au milieu de son désespoir, une étincelle brillait toujours.
Sylvina l'avait qualifié de tenace. Il se montrerait donc à la hauteur du compliment! En un rien de temps, il élabora un plan. Sylvina ne lui attribuait-elle pas aussi des « pouvoirs de perception particuliers »? Le moment était venu de les utiliser!
Vif et brillant, comme à la guerre, il allait retourner une situation désespérée par quelque stratégie improvisée.
Ses idées lumineuses s'imposaient à lui avec une force et une clarté telles qu'il les suivait alors aveuglément.
— N'introduisez pas le comte tout de suite, dit-il à Mr Lawson. Qu'il mijote un peu dans l'antichambre, cela lui fera du bien. Dans l'immédiat, vous allez porter un message au sous-

secrétaire d'État aux Affaires étrangères, afin de prier Mr Cuddington de bien vouloir m'accorder quelques minutes de son temps, si ses engagements le lui permettent.

– Entendu, milord.

Le marquis battit alors le rappel de ce qu'il savait sur Mr Cuddington. Peu de chose, en vérité, malgré une enquête discrète de la semaine précédente.

L'homme passait pour riche et intelligent, mais on le craignait. Personne ne se disait son ami, personne ne parlait de lui avec chaleur. Il se plaisait en compagnie de gens qui lui étaient très inférieurs socialement et fréquentait les lupanars pour clients difficiles. Sa réputation auprès des dames était des plus piquantes, avait-on précisé au marquis.

En son for intérieur, le marquis reconnut sans difficulté qu'une telle remarque s'appliquait fort bien à lui-même.

Mais à la différence de Mr Cuddington, il ne hantait pas les maisons de passe et n'achetait pas aux dames leurs faveurs.

En résumé, le marquis ignorait presque tout de Mr Cuddington, un homme de toute évidence très intelligent. Parlant couramment plusieurs langues et bardé de diplômes, il semblait tout naturellement appelé à remplacer lord Hawkesbury un jour ou l'autre.

Une semaine auparavant, le marquis ne le connaissait que de nom et de très loin. Cet état de choses allait évoluer rapidement.

La porte s'ouvrit et Mr Lawson annonça :

– Monsieur le sous-secrétaire d'État aux Affaires étrangères, milord.

Le marquis se leva.

– Mon très cher collègue, dit-il avec la plus

grande affabilité, je n'avais nullement l'intention de vous demander de me rendre visite. J'ai seulement dépêché mon secrétaire pour vous prier de m'accorder un entretien dans votre bureau.

— Comme mon bureau est encombré, j'ai pensé que le vôtre conviendrait mieux à la conversation discrète que vous souhaitez sans doute.

— Très aimable à vous. Vous sachant très occupé, j'ai hésité à m'approprier une partie de votre temps. En vérité, je voudrais solliciter votre aide.

— Mon aide?

Mr Cuddington parut agréablement surpris. Il s'assit face au bureau, croisa les jambes et s'adossa confortablement, mais le marquis le sentait sur ses gardes.

Les yeux trop rapprochés et les lèvres molles de Cuddington lui inspiraient une répulsion sans bornes. Il le détestait de tout son être.

— Mon cher collègue, vous penserez sans doute que je me fais une montagne de rien, mais comme j'hésite encore à déranger lord Hawkesbury, c'est auprès de vous que je dois requérir de l'aide.

— Vous me trouverez prompt à vous accorder tout ce qui relève de mon pouvoir, milord.

— Avant tout, je dois vous féliciter. J'ai appris, en effet, que vous alliez vous marier.

Les yeux de Mr Cuddington s'agrandirent de surprise.

— Par exemple! Qui vous a annoncé une chose pareille?

— S'il ne s'agit que d'une rumeur, je vous présente mes excuses. C'est au bal, je crois bien... qu'on parlait de la présence à vos côtés de votre future épouse.

— La nouvelle n'est pas entièrement dénuée de tout fondement, milord, et mes fiançailles sont une réalité. Mais, pour des raisons personnelles, je serais très reconnaissant à Votre Seigneurie si elle voulait bien ne pas ébruiter la nouvelle.

— Naturellement. Il sera fait selon votre désir. Je tiens cependant à vous féliciter. Il s'agit de Miss Sylvina Blaine, n'est-ce pas? Elle m'a rendu visite l'autre jour. Je l'ai trouvée ravissante.

— C'est la fille de sir Rendell Blaine, dont Votre Seigneurie se souvient sans doute. Je gage que Sylvina fera une bonne épouse, une fois consciente de tout ce que j'attends d'elle.

Le marquis dut se contraindre pour dissimuler le dégoût que lui inspira cette dernière phrase et jamais le sous-secrétaire d'État aux Affaires étrangères ne sut qu'il venait de frôler la mort.

— Comme vous-même, milord, j'ai été célibataire très longtemps, poursuivit Mr Cuddington sans se rendre compte que le marquis tordait le coupe-papier qu'il tenait entre ses doigts. Puis je me suis aperçu qu'un homme versé dans la politique a besoin d'une épouse pour le seconder dans toutes les tâches de caractère mondain, décorer sa table et réchauffer son lit...

Il éclata de rire. Décidément, cette conversation infirmait sa réputation d'intelligence.

Le marquis, habitué à sonder et à soupeser les hommes, ne tarda pas à comprendre : Cuddington lui parlait d'égal à égal!

Connaissant la réputation du marquis — séducteur, figure de proue de l'aristocratie et ami personnel du prince de Galles — il imaginait que les élégants et les dandies dont il avait tant entendu parler s'exprimaient ainsi lorsqu'ils étaient entre eux.

Il jouait donc la comédie. Il mimait le gentleman conversant avec un autre gentleman et se croyait amusant, alors qu'il inspirait à son interlocuteur une immense aversion.

– ... mais j'aurais mauvaise grâce à vous ennuyer avec ma vie privée, milord. Pourquoi souhaitiez-vous me rencontrer?

Au prix d'un grand effort, le marquis parvint à cacher ses sentiments :

– Il y a de cela trois jours, miss Sylvina Blaine est venue m'apporter son soutien à la candidature du comte Armand de Vallien. Selon ses dires, elle connaît le comte depuis très longtemps, en fait, depuis son enfance. J'ai ensuite reçu le comte, je lui ai parlé longuement et je l'ai jugé très agréable. Mais pour ne rien vous cacher, je trouve surprenante son insistance à travailler dans ce service. Certes, il a manifesté plusieurs fois sa haine de Bonaparte et de son régime. Il est intarissable sur toutes les bonnes raisons qu'il a de nous servir.

– Vous a-t-il fait bonne impression?

Le marquis éluda la question.

– L'avez-vous rencontré?

– Une fois, je crois bien. Miss Blaine m'a vanté son zèle monarchique mais, à vrai dire, je ne le connais pas assez pour m'en porter garant.

– Il pourrait sans doute se révéler utile en nous aidant à débusquer les espions qui se cachent parmi les émigrés auxquels nous dispensons notre hospitalité depuis la Révolution, mais nous devons nous montrer très prudents. Vous n'ignorez pas, Mr Cuddington, que j'occupe ce fauteuil à la demande expresse de Mr Pitt...

Cuddington le gratifia d'un sourire entendu.

– Mr Pitt pourchasse les espions jusque sous les tables, mais il n'en reste pas moins que nous devons redoubler de prudence!

– Dans ce cas, je suis sûr, Mr Cuddington, que vous agréerez ma suggestion.

Une étrange lueur traversa le regard de Mr Cuddington.

– J'ai toujours prétendu qu'il n'est pas possible de juger des capacités d'un homme au cours d'un bref entretien. Qu'il se montre nerveux ou confiant, le postulant ne se révèle jamais tel qu'il est. Comme il joue gros, il essaie désespérément de donner de lui une image flatteuse, alors qu'on attend de lui une image juste.

– Je partage tout à fait ce point de vue, milord.

– Je me propose donc d'inviter le comte à Alton Park. Deux jours, par exemple. Si, à cette occasion, vous pouviez vous libérer, nous aurions tout loisir de nous former une juste idée de l'amour que le comte professe pour notre pays.

– Dois-je comprendre que vous m'invitez à Alton Park?

Le marquis savait que même ses amis intimes attachaient le plus grand prix aux invitations à Alton Park. Le prince de Galles lui-même avait déclaré sans égal le confort d'Alton Park.

En bon arriviste qu'il était, Mr Cuddington fonçait dans le piège, tête baissée!

– Je vous serais très reconnaissant d'accepter mon invitation.

– Avec grand plaisir.

– Vendredi prochain? Cela vous convient-il? Parfait! A mon avis, nous commettrions une erreur en révélant nos intentions au comte. Aussi, il importe de donner à cette invitation un caractère strictement mondain. A cette fin, je suggère que miss Blaine soit des nôtres, ainsi que son frère qui travaille dans ce bâtiment.

– Excellente idée, milord!

– Je demanderai à ma grand-mère, duchesse douairière de Wendover, qui assure les fonctions d'hôtesse quand je reçois, d'envoyer à miss Blaine une invitation en bonne et due forme. Mais comme le temps presse, je vous prie de prendre les devants et de faire en sorte que miss Blaine et son frère se libèrent pour l'occasion.

– Je m'en charge, milord.

– Je vous en sais gré. Vous le voyez, j'ai le souci de traiter le comte avec égards. Son père a été un grand ambassadeur de son pays, mais je dois me montrer prudent, les circonstances l'exigent.

– Je comprends, milord.

– Je sais que le comte fait en ce moment antichambre, dans l'attente de ma décision. Je le recevrai brièvement, me déclarant très occupé, et lui proposerai de poursuivre notre conversation à Alton Park.

Mr Cuddington se leva.

– Dans ce cas, il est temps que je me retire. Il ne faut pas que le comte soupçonne une conspiration entre nous.

– Merci encore pour votre coopération. Je me sens soulagé d'un grand poids. J'hésitais à prendre seul une décision aussi importante. L'approbation d'un homme de votre expérience me rassure tout à fait.

– A quelle heure devrons-nous arriver à Alton Park vendredi prochain?

– Voyons... Vendredi prochain, vous serez aussi occupé qu'à l'ordinaire, je présume. Mais Alton Park n'est qu'à une heure de Londres. Essayez donc d'être des nôtres vers 5 heures. Il nous restera beaucoup de temps pour converser jusqu'au dîner. Il va de soi que des amis se joindront à nous. J'ai des amis charmants, vous verrez.

— Je n'en doute pas, milord.

Le marquis crut même entendre Mr Cuddington ronronner de plaisir...

— Hélas! nous devrons reprendre dimanche soir le chemin de Londres. Il m'eût été agréable de prolonger l'invitation jusqu'à lundi, mais en cette période de guerre, je doute que le ministère des Affaires étrangères puisse se passer de vous longtemps.

— Votre Seigneurie me flatte. En cette période, vous me paraissez plus indispensable que moi.

— Puissiez-vous dire vrai!

Les deux hommes s'inclinèrent pour se saluer et, quelques secondes plus tard, le marquis se retrouva seul. Il se sentait mieux. Le désespoir qui l'habitait auparavant s'était dissipé. A force d'ingéniosité et d'entêtement, il avait repris l'initiative.

Il savait que, d'une façon ou d'une autre, l'arriviste Cuddington viendrait à bout des réticences prévisibles de Sylvina.

Sylvina et Cuddington! La seule association de ces deux mots suffisait à précipiter le marquis dans une colère difficile à maîtriser.

Jusqu'à présent, seul le coupe-papier avait pâti de son dégoût pour Cuddington.

Par quelle aberration Sylvina avait-elle accepté de devenir l'épouse d'un homme pareil?

Comment la traiterait-il?

Comment pourrait-elle supporter de vivre aux côtés d'un homme incapable de parler d'elle avec respect?

— Je la sauverai! s'écria le marquis. Je te sauverai, Sylvina, dussé-je tuer Cuddington pour y parvenir!

8

— Séjourner à Alton Park? s'écria Sylvina. Etes-vous fou?
— Pas le moins du monde, répondit son frère. Il s'agit là d'une invitation que convoiteraient maintes personnes de haut rang!
— Mais pas toi, Clyde. Pas toi, je t'en supplie!
— Crois-tu que Mr Cuddington aurait accepté s'il avait subodoré le moindre danger? Il n'est pas homme à s'attirer les mauvaises grâces du marquis. Mais, bien sûr, il ne lui déplaît pas de parader un peu.
— Comment? Mr Cuddington aussi?
— Et comment! A la perspective de ce week-end, il piaffe, il exulte, il explose de joie, il se vante à qui veut l'entendre.
— Mais pourquoi? pourquoi?
— Allons, ne fais pas la sotte. Tu n'ignores pas, je suppose, que les invitations du marquis sont aussi prisées que des diamants. Tous les gens importants aspirent à en recevoir. On dit que le prince de Galles n'a jamais décliné une invitation à Alton Park.
— En ce qui me concerne, je refuse l'invitation de Sa Seigneurie.
— Quelle obstination! Pourquoi, enfin? Le mar-

quis m'a parlé de la façon la plus aimable du monde. Ah! que ne puis-je m'offrir un tailleur aussi habile que le sien! Peut-être qu'à Alton Park j'apprendrai de son valet la bonne façon de nouer une cravate!

— Ne comprends-tu pas que Sa Seigneurie nous invite pour quelque raison précise?

— Pourquoi toujours soupçonner les gens des pires intentions? Le marquis souhaite tout simplement mieux connaître le comte, ton protégé. Pour ce faire, il procède avec une rare élégance.

— Pourquoi a-t-il invité Mr Cuddington?

— Je me le demande, en effet. Sans doute parce que le comte, une fois agréé, deviendra le subordonné soit de lord Hawkesbury, soit de Mr Cuddington.

— Je n'irai pas avec toi.

— Dans ce cas, j'irai sans toi. Loin de moi le désir de manifester une susceptibilité déraisonnable. De toute façon, je ne me déroberai pas à une invitation que tout homme de mon âge envierait. Afin de m'élever dans la carrière diplomatique, je dois plaire à mes supérieurs. Un week-end à Alton Park vaut une recommandation.

— Cette invitation cache quelque chose. Ne comprends-tu pas que le marquis se soucie peu de se montrer agréable à ton égard? Il se moque bien de ta compagnie! Peut-être nourrit-il des soupçons et veut-il te sonder...

— Que découvrira-t-il? Rien! Tu le sais fort bien.

— Une ombre de soupçon suffirait à ruiner ta carrière.

Clyde haussa les épaules.

— Tu me déprimes, Sylvina. Devrais-je vivre

constamment dans la crainte parce que Cuddington me tient en main? Je suis jeune et j'entends profiter de tous les plaisirs, y compris de l'invitation du marquis.

— Je refuse!

— Je crains que ce soit tout à fait impossible, dit soudain Cuddington, arrivé sans bruit.

Sylvina le soupçonna d'emblée d'avoir écouté toute la conversation. De dépit, elle s'en prit à son frère :

— Clyde, tu ne m'as pas informée de la visite de Mr Cuddington!

— Tu ne m'en as guère laissé le temps! J'avais l'intention de le faire, mais tu n'as cessé d'accaparer la conversation.

Sylvina esquissa une courbette, mais omit délibérément d'offrir un siège au nouveau venu.

— Asseyez-vous, sir, dit Clyde.

— J'espérais meilleur accueil de la part de votre sœur, remarqua Cuddington.

— Excusez-moi, expliqua Sylvina, mais la conversation que j'avais avec Clyde me fait négliger les bonnes manières. Désirez-vous un rafraîchissement?

— Non, merci. Je ne peux m'attarder en votre compagnie. Nous devons tous préparer avec le plus grand soin notre départ pour Alton Park vendredi prochain à 4 heures. Clyde et moi quitterons le Ministère plus tôt que d'habitude, mais les circonstances justifient cette petite anomalie.

— Comme vous l'avez entendu, messieurs, je n'accepte pas l'invitaton du marquis.

Les sourcils de Mr Cuddington s'arquèrent de surprise.

— Pour quel motif?

— Je ne désire pas visiter Alton Park.

– Il s'agit là d'un motif puéril et grossier que je ne me hasarderais pas à transmettre au marquis. Il a exprimé le souhait que vous soyez des nôtres et sa grand-mère, la duchesse douairière de Wendover, vous a adressé une lettre que vous recevrez sans nul doute au courrier de demain.

– Je remercierai Sa Grâce pour sa bonté, mais je ne vous accompagnerai pas. Vous vous passerez fort bien de ma présence, j'en suis certaine.

– J'insiste pour que nous répondions en tous points aux souhaits du marquis. Il me paraît de la plus haute importance que nous passions vendredi et samedi prochain sous son toit.

– Je ne peux imaginer que ma présence revête quelque importance aux yeux du marquis. Je tiens de Clyde que cette invitation est en fait destinée au comte Armand de Vallien. Clyde et vous-même soutiendrez sa candidature et je suis sûre que mon absence passera inaperçue.

– Mais vous répondez du comte! rétorqua Mr Cuddington d'une voix dure.

– A votre demande, monsieur. J'y ai consenti en souvenir de l'amitié de mes parents pour le père du comte. Mon rôle dans ce domaine est terminé.

– Trêve de discussions! Nous irons tous à Alton Park. Ma voiture viendra vous prendre ici même vendredi prochain à 4 heures.

– Non! dit Sylvina avec entêtement.

Cuddington sourit car il se sentait aussi sûr de lui que le chasseur qui s'approche de l'oiseau pris au piège.

– Vous viendrez avec nous, pour deux raisons : d'abord, parce que j'ai déjà accepté l'invitation du marquis, ensuite, parce que tel est mon bon plaisir.

– Si je persiste dans ma détermination, si je refuse de me tenir prête à 4 heures, vendredi prochain, je suppose que vous m'entraînerez de force...

– Non, très chère. Je ne m'abaisserai pas à un tel procédé. Il me suffira de porter à Alton Park un certain livre dont la lecture ne manquera pas de passionner le marquis...

– Sylvina, je t'en supplie! intervint Clyde.

A la limite de sa résistance nerveuse, la jeune fille se tourna vers la fenêtre.

– En réalité, dit-elle enfin d'une voix brisée, je n'ai pas le choix.

– Jamais! confirma Cuddington. C'est pourquoi je vous conseille de vous en remettre toujours à moi pour ces sortes d'affaires. Comme j'ai déjà eu l'occasion de vous le dire, vous manquez au plus haut point du sens des obligations mondaines. Votre simplicité confine à la stupidité. Il vous faudra beaucoup de persévérance pour devenir l'épouse d'un homme de mon rang.

– Pourquoi souhaitez-vous épouser une femme aussi imparfaite que moi?

– Je répondrai à cette question à un autre moment, et dans un lieu propice, je vous le promets.

Sylvina se sentit frissonner.

– ... Désormais, parlons sérieusement, poursuivit Mr Cuddington. Clyde, j'ai décidé que nous voyagerions en grand style. Je vais acheter une nouvelle voiture. J'en connais une qui nous conviendra parfaitement. Elle appartient à un noble incapable de payer ses dettes. Je la destine à mes deux chevaux bais, qui ne dépareront pas les écuries de Sa Seigneurie. Le comte voyagera à mes côtés. Quant à vous, vous voyagerez avec votre sœur, dans ma voiture, repeinte de frais.

Force laquais nous accompagneront, cela va de soi.

Clyde ne souleva aucune objection.

Mr Cuddington se tourna vers Sylvina :

— Ma très chère, je compte sur vous pour paraître à votre avantage. Vous avez la robe que je vous ai offerte pour la réception au Ministère, mais c'est tout...

— Pensez-vous que je vais vous permettre d'acheter mes vêtements? Il est des domaines qui ne relèvent que de ma seule autorité, monsieur! Vous pouvez me menacer au point de me convaincre d'accepter une invitation qui me déplaît, mais vous ne me forcerez pas à porter des robes que vous m'offrez, comme si j'étais... votre maîtresse!

— Cette considération est des plus futiles, dans la mesure où nous sommes fiancés. De plus, vous savez pertinemment que vous n'avez pas l'argent nécessaire pour tenir votre rang.

— Clyde et moi, nous trouverons bien quelque moyen.

Mr Cuddington éclata de rire.

— Magnifique! Clyde, combien pouvez-vous consacrer à votre sœur, compte tenu de vos dettes?

Clyde serra les poings.

— Ne rêve pas, Sylvina, je n'ai aucune somme disponible. Mr Cuddington le sait mieux que quiconque.

— Dans ce cas, je viendrai comme je suis. Crois-tu que notre mère ou notre père auraient permis à un homme autre que mon mari de me payer des vêtements? Cette seule idée les aurait humiliés atrocement.

— Lorsque nous arriverons à Alton Park en grand style, reprit Cuddington, dans de belles voitures, avec le comte et Clyde parés comme des gentlemen, servis par des cochers, des laquais et autres serviteurs, vous présenterez-vous en haillons, au risque d'être la risée, non seulement du marquis, mais encore de ses amis? Non, car nous ferons honneur à cette invitation! Iriez-vous à Alton Park vêtue de cette robe de quelques pence, faite par vous-même ou une couturière incompétente?

– Les vêtements importent peu.

– Le marquis vit dans un monde où l'on juge sur l'apparence, les hommes selon leurs habits, les femmes selon leurs robes. Que penserait le marquis de votre mise, alors qu'il m'a si abondamment félicité pour nos fiançailles?

– Le marquis vous a... félicité?

– En effet! J'ai tout lieu de croire qu'il trouve notre union tout à fait à son goût.

Sylvina crut défaillir. Il lui sembla que la nuit tombait sur elle.

Ces félicitations ne pouvaient signifier qu'une chose : le marquis renonçait définitivement à la reconquérir!

Elle avait refusé de le recevoir, renvoyé ses lettres, distribué ses fleurs et il s'était lassé...

Elle avait retenu son attention quelque temps, mais ses sentiments s'étaient vite évanouis...

Tout en elle s'insurgeait contre cette évidence. Pourtant, le marquis avait trahi sa confiance et brisé ses rêves.

Au retour du ministère des Affaires étrangères, elle s'était jugée désespérée. Maintenant, elle désirait mourir. Combien de temps devrait-elle souffrir encore?

– Je... ferai... ce que vous voulez.

Un éclair de triomphe effronté passa dans les yeux de Cuddington.

– Vous vous rendrez donc chez Mme Bertin, de Bond Street. Je lui ai déjà fait savoir que vous alliez lui rendre visite. Je l'ai aussi informée du peu de temps dont elle disposerait pour vous fournir les robes, manteaux de voyage et autres falbalas dont vous avez besoin. Mais, comme je la paierai bien, elle fera diligence.

En fermant les yeux un court instant, Sylvina se demanda s'il existait au monde des situations plus humiliantes.

De toute évidence, la modiste la prendrait pour une fille entretenue.

– Maintenant, écoutez-moi bien, Sylvina : j'ai fait preuve à votre égard d'une extraordinaire patience. Vous savez bien qu'une fois devenue ma femme, vous devrez vous abstenir de pareils caprices.

– Je vous prie... de... m'excuser.

A quoi bon résister, puisque le marquis avait félicité son tourmenteur? Il ne lui restait plus rien, plus rien, même pas ses rêves!

– Vos excuses manquent de conviction.

– Par exemple! Qu'espérez-vous? Que je me jette à vos pieds, que je m'arrache les cheveux et implore votre pardon?

– J'ai mieux à vous suggérer : approchez-vous de moi, Sylvina...

Lorsqu'il tendit la main, Clyde, incapable de supporter davantage cette scène, quitta la pièce.

– Veuillez excuser ma grossièreté, monsieur. Parfois mes paroles dépassent ma pensée. Je dois apprendre à mieux me maîtriser...

– Commencez donc par m'obéir.

Peu à peu gagnée par la panique, Sylvina ne trouva d'autre planche de salut que Columbus. Elle recula et prit dans ses bras le petit chien qui sommeillait sur un coussin.

— Il faut que j'aille le promener.
— Columbus attendra! Je vous ai donné un ordre, Sylvina! Afin de devenir une épouse respectable, vous devez m'obéir.
— Que... voulez-vous?
— Un baiser de paix. Posez ce chien et approchez-vous.
— Non! Oh! Non, de grâce!
Columbus se mit à grogner sourdement.
— Au diable cet animal! Vous savez bien que je déteste les chiens! Posez-le!
Mais Sylvina serrait Columbus contre sa poitrine. Soudain, n'y tenant plus, elle pivota sur ses talons et, au comble de la terreur, s'enfuit vers sa chambre.
Mr Cuddington partit d'un long éclat de rire. « Toi, tu ne perds rien pour attendre! » pensa-t-il.

★

La voiture de Mr Cuddington, tirée par quatre chevaux assortis, soulevait derrière elle un nuage de poussière. Mais une voiture plus rapide encore la dépassa. Mr Cuddington, un haut chapeau incliné savamment sur la tête, tenait lui-même les rênes. Le comte paradait à ses côtés.
— Malédiction! s'exclama Clyde en se penchant pour mieux voir. Cela met un comble à mon humiliation! Non seulement je dois voyager avec toi, comme avec une vieille fille, mais encore il faut qu'il me dépasse!
— Il me fallait un chaperon, mon frère. Or, Mr Cuddington a insisté pour que Bessie voyage dans le fourgon à bagages.
— Avec tout cet étalage, il veut tenter d'impres-

sionner le marquis. Mais quoi qu'il fasse, il ne lui arrivera jamais à la cheville.

– Faible consolation, en ce qui me concerne, commenta Sylvina.

– Je compatis à ton triste sort. Jamais je n'aurais dû te compromettre de la sorte. Mais que pouvais-je faire d'autre, Seigneur? Cuddington a au moins de l'argent, lui! Et il le dépense volontiers.

– A sa convenance, comme il se doit. Je doute qu'il se révèle un beau-frère généreux.

– Quelle situation! Si tu me juges insensible à ton égard, tu te trompes. Je t'aime beaucoup, au contraire. Vois-tu, si je croupissais dans la Tour de Londres, tu mourrais de faim. Or, je ferai au moins de toi une femme riche et considérée. Cuddington recevra sans doute bientôt une promotion. Il finira pair, tu verras. Si Hawkesbury démissionnait, ou si Pitt revenait aux affaires, il deviendrait ministre. On ne parle que de son intelligence et de sa fabuleuse ascension dans les sphères gouvernementales.

– Il me fait peur, dit Sylvina. Je sens qu'il est méchant. Je le sais, depuis notre première rencontre.

– Bien des femmes se jugeraient comblées de l'épouser. Sans lui, à quel mariage pourrais-tu prétendre? Nous sommes pauvres, Sylvina. Bien sûr, j'ai un petit nombre d'amis et d'anciennes relations de notre père qui ont gardé des contacts avec nous, mais tu déclines toutes les invitations.

– Pourrais-je me présenter vêtue de ce que Mr Cuddington appelle des haillons?

– Il exagère! Jamais, Dieu merci, tu ne portes de haillons! De plus, tu es très jolie. Mais ces nouvelles robes, Sylvina, te vont à merveille!

— En les commandant, je me suis sentie moins que de la poussière! Qu'est-ce que maman aurait pensé de moi? Et cette Mme Bertin qui ne cessait de répéter : « Mr Cuddington nous a recommandé de ne pas regarder à la dépense! » Il y avait dans sa façon de ne pas m'appeler madame quelque chose d'insultant. Je me sentais plus humiliée que si j'avais été achetée sur un marché d'esclaves!

— Je me demande ce qu'il attend pour t'épouser?

Sylvina ne put réprimer un petit cri d'horreur.

— Je t'en supplie, Clyde, ne va pas lui mettre de pareilles idées en tête! Il a parlé d'une « occasion spéciale ». De quelle nature? Je l'ignore. Mais je sens confusément que l'échéance approche et j'ai envie de mourir.

— Pour l'amour du ciel, ne parle pas de la sorte! Cuddington est fou de toi. Grâce à lui, tu retrouveras dans le monde la place que la mort de papa nous a fait perdre.

— Ce monde-là te fascine. Pas moi.

— Pourquoi pas? N'est-il pas naturel de penser de cette façon? Que reproches-tu au grand monde?

— Je te parais présomptueuse, n'est-ce pas? Si tu désires en connaître la raison, je vais te la dire. Un jour, alors que notre père était premier secrétaire de lord Bath à notre ambassade de Madrid, maman m'a confié qu'elle souffrait. Oui, Clyde, elle avait mal, très mal. Mais jamais elle ne l'a dit à son mari. Parfois, elle pâlissait à l'improviste et éprouvait de très grandes difficultés à marcher. Bien sûr, je lui ai conseillé de voir un médecin. Elle m'a répondu que c'était déjà fait et qu'elle était incurable. En prenant un médicament approprié, tout au plus parvenait-elle à soulager ses douleurs. Mais jamais, Clyde, jamais elle n'a renoncé à ses devoirs mondains. Tous ses invités l'ont vue gaie et enjouée.

A cette douloureuse évocation, Sylvina ferma les yeux quelques secondes.

– ... On trouvait plaisant de l'appeler le meilleur atout de la Grande-Bretagne sur le Continent, mais elle est morte à la tâche.

– Je l'ignorais tout à fait...

– Tu voyageais beaucoup, à l'époque. Plus jeune, je sortais avec nos parents. En ma présence, maman n'a jamais dissimulé. A notre retour en Angleterre, la maladie s'est aggravée. Papa tenait beaucoup à ce qu'on nous vît dans le grand monde, afin de ne pas sombrer dans l'oubli et qu'on pensât à lui pour une autre affectation. Te souviens-tu comment maman recevait dans notre maison de Curzon Street? Elle souffrait le martyre, pourtant! Papa a fini par se rendre compte de son état. Il lui a conseillé de ne pas se surmener. Hélas! il était trop tard! Maman savait qu'elle allait mourir. Mais elle n'a pas ménagé ses efforts...

La voix brisée par l'émotion, Sylvina se tut encore un instant avant de poursuivre :

– C'est après sa mort que nous avons vraiment compris le rôle qu'elle a tenu auprès de papa.

– A Paris, si j'avais été à ses côtés, dit Clyde, j'aurais peut-être empêché...

– Personne n'aurait empêché ce qui est arrivé, reprit Sylvina. Ne te reproche rien. Sans maman, il était seul, triste, disponible. Cette Française est tombée éperdument amoureuse de lui. D'une certaine façon, elle lui a rendu un peu de bonheur. Qu'elle était belle, Clyde!

– Trop célèbre et trop belle pour ne pas trouver d'autres admirateurs dans son sillage. Pauvre papa, bon diplomate, mais si mauvais tireur!

— Si tu lisais les rapports qu'il envoyait au ministère des Affaires étrangères! Son intelligence transparaît à chaque ligne. Pourquoi nous a-t-il quittés si tôt?

— Tu dois le remplacer, Clyde.

— Je le remplacerai.

En un geste de tendresse, Sylvina posa la tête sur l'épaule de son frère.

— Je t'aiderai. Je te le jure! Papa et maman auraient été si fiers de toi! Je ferai de mon mieux pour me montrer gentille à l'égard de Mr Cuddington.

— Donc tout ira bien. Tous les problèmes s'aplaniront, j'en suis certain! Tu vas devenir l'élégante dont il rêve. Que maman ait été fille de duc le flatte au plus haut point. Je l'ai entendu s'en vanter auprès de ses amis. Il veut te montrer, il veut susciter l'envie. Bah! peut-être ne seras-tu pas aussi malheureuse que tu le crains...

— Je te... promets... de faire... de mon mieux.

Très sincèrement, elle désirait alors se conformer en tous points aux volontés de Mr Cuddington et de Clyde. A Alton Park, elle se montrerait charmante, sauf à l'égard du marquis.

Comme personne ne soupçonnait qu'elle l'avait rencontré hors de l'ambassade, on ne s'étonnerait pas de la froideur qu'elle entendait lui manifester.

Je le hais, pensa-t-elle à l'instant où les chevaux franchirent la grille de fer forgé encadrée de deux lions de pierre, la patte sur un écu.

Au bout d'une allée bordée de chênes, le château se mirait dans des pièces d'eau sillonnées par des cygnes. Au sommet d'un mât planté au faîte du toit, un pavillon battait au vent. Des pigeons volaient de-ci de-là à la hauteur des fenêtres.

Tant de majestueuse beauté émut Sylvina. Mais, se rappelant qu'elle haïssait le marquis, elle s'interdit d'admirer les charmes du château.

– Je le hais, murmura-t-elle pour s'endurcir davantage. Je le hais! se répéta-t-elle en gravissant l'escalier de marbre. Le vestibule était décoré de statues grecques et meublé de tables dorées spécialement conçues par les frères Adam pour Alton Park.

Le majordome s'inclina à leur entrée et l'un des six valets de pied vint prendre la canne de Clyde.

A quelques pas du salon, Sylvina levait les yeux vers les boiseries de l'escalier monumental menant au premier étage lorsque, soudain, elle reconnut derrière elle une voix familière.

– Puis-je vous souhaiter la bienvenue?

Elle sentit son cœur battre à tout rompre, mais rien de son émotion ne parut lorsqu'elle s'inclina.

– Bonjour, milord, dit Clyde. Ma sœur et moi sommes enchantés de nous trouver ici.

Le marquis prit la main de Sylvina et l'effleura d'un baiser strictement formel.

Tout est fini, bien fini, pensa la jeune fille. Mais cette constatation désabusée l'attrista plus qu'elle ne l'aurait imaginé. Et son cœur continuait à battre la chamade!

– Passons au salon, voulez-vous?

Elle n'avait pas encore levé les yeux vers son visage et ne voyait que ses bottes.

– Mr Cuddington et le comte vous ont précédés d'une demi-heure. Je me demandais si rien de fâcheux ne vous était arrivé.

– Nos chevaux ne valaient pas ceux de Mr Cuddington, répondit Clyde. Mais, croyez-moi, milord, n'eût été ma sœur, j'aurais de beaucoup préféré arriver à cheval.

– Nous essaierons de trouver une belle bête pour demain. J'en ai quelques-unes dans mes écuries qui ne vous déplairont pas, j'en suis sûr.

– C'est très aimable à vous.

Sylvina devinait son frère aussi heureux qu'un enfant.

Il faut que je me sacrifie pour lui, se dit-elle. Elle accompagna cette résolution d'un petit coup de menton, et entra très droite dans le somptueux salon.

Six portes-fenêtres donnaient sur le parc. Le mobilier, digne d'un musée, ne le cédait en rien aux portraits de famille peints par Van Dyck et Holbein.

Mais l'attention de Sylvina fut d'abord attirée par la vieille dame qui s'entretenait avec Mr Cuddington et le comte. De petite taille, toute ridée, les cheveux grisonnants, elle était d'une dignité parfaite.

Sans doute avait-elle été très belle, car il émanait d'elle le rayonnement inné des femmes depuis longtemps habituées à plaire et à susciter l'envie.

La duchesse douairière, toute de blanc vêtue et couverte de fabuleuses émeraudes, représentait encore une force politique. Les dirigeants la consultaient. Mr Pitt entretenait une correspondance avec elle.

Comme elle préférait la vie à la campagne à l'agitation de la ville, elle ne séjournait à Londres qu'une partie de l'année.

Son jardin de Dower House, à quelques milles

d'Alton, comptait parmi les plus beaux d'Angleterre.

De ses yeux qui ne perdaient aucun détail, malgré son âge, elle suivit avec intérêt l'approche de Sylvina.

— Je suis ravie de faire votre connaissance, miss Blaine, dit-elle lorsque Sylvina eut achevé sa révérence. Votre mère m'était une amie très chère. Quant à votre père, je l'admirais beaucoup.

— Connaissiez-vous ma mère, madame?

— Oui, mon enfant, et si vous voulez, nous parlerons d'elle.

Puis elle se tourna vers Clyde et le gratifia d'un sourire très approbateur.

— J'espère que cette visite ne sera pas la dernière. Ma conscience me reproche d'avoir tant tardé à prendre de vos nouvelles. Je suis très reconnaissante à mon petit-fils d'avoir pris l'initiative de vous inviter.

Pour la première fois, Sylvina hasarda un regard en direction du marquis. Il paraissait heureux et détendu, très différent, en somme, de ce qu'il avait été au Ministère.

« Peut-être, ici, se conduit-il toujours comme lors de notre première rencontre, pensa Sylvina. Notre première rencontre... Ai-je été naïve, ce jour-là! bah! cela n'a plus d'importance, maintenant. »

Le marquis? Elle le haïssait. Il n'était rien pour elle. La rencontre dans la forêt? Une futilité...

— Puis-je vous offrir un verre de vin, miss Blaine? demanda le marquis.

— Non... Non, milord, je vous remercie.

— Il me paraîtrait sage que vous vous rafraîchissiez, au terme d'un si long voyage.

Par politesse, Sylvina prit le verre qu'il lui tendait.

— Aimez-vous le vin? s'enquit la duchesse douairière. Préférez-vous une tasse de chocolat? C'est toujours ce que je prends, après un voyage. L'état de nos routes est une honte. Les autorités locales promettent toujours de les entretenir, mais ne tiennent jamais parole. Je me rendrai donc au cimetière en cahotant!

Sylvina sentit la main du marquis reprendre le verre.

— Quel maladroit je fais! J'aurais dû y penser! Du chocolat ou du thé?

— Du thé, trancha Mr Cuddington de façon péremptoire. Elle adore le thé et je sais qu'à l'avenir je devrai veiller à ce que notre maison en contienne une bonne provision.

— Ce sera donc du thé, conclut la duchesse.

— Je ne voudrais surtout pas vous importuner, répondit Sylvina.

— Nous faisons en sorte que nos invités, quels qu'ils soient, soient toujours bien accueillis, intervint le marquis. Nous mettons à leur disposition tout ce qu'il faut pour les satisfaire.

Sylvina comprit parfaitement le sous-entendu. Comment osait-il faire allusion au repas féerique dans le temple grec? Elle voulut le foudroyer du regard, mais n'y parvint pas.

Le marquis, de son côté, résistait à la tentation de la prendre dans ses bras et de l'assurer de sa protection.

Elle portait une robe élégante, raffinée même, mais le marquis se plaisait à l'imaginer vêtue de la robe verte de leur première rencontre.

Mr Cuddington ne le quittait pas des yeux.

— Un autre verre de vin, Mr Blaine? proposa le marquis. Vous serait-il agréable de visiter le parc avant la tombée de la nuit? Mr Cuddington, j'ai invité quelques amis à votre intention. Nous serons trente, ce soir. Certains vous connaissent, d'autres brûlent d'avoir cet honneur. Ici, nous vivons entourés d'amis. Le prince lui-même réside en ce moment chez le duc de Bilston. Peut-être nous rendra-t-il visite demain.

Mr Cuddington se confondit en paroles de reconnaissance.

« Parviendrai-je à émousser sa vigilance? se demandait le marquis. En deux jours, il faudra que je perce le secret de la domination qu'il exerce sur les Blaine. Ce sera difficile! »

Mr Cuddington, en effet, était non seulement intelligent, mais retors et sournois.

– Si ces messieurs veulent bien se promener dans le parc, dit la duchesse, j'en profiterai pour conduire miss Blaine dans ses appartements. J'ai hâte de m'entretenir avec elle.

– Très bonne idée, exulta Mr Cuddington. Je n'ai pas manqué de représenter à Sylvina l'honneur que vous lui faites en la recevant. Il me serait agréable qu'elle vous exprimât sa reconnaissance et convînt que rien de ce que je lui ai annoncé n'était exagéré.

– Vous avez... raison... monsieur, répondit mécaniquement Sylvina.

Ses yeux rencontrèrent alors ceux du marquis. Ce qu'il lut dans le regard de la jeune fille le renforça dans sa détermination.

« J'ai échoué, se dit le marquis en montant lentement l'escalier monumental. »

Du salon lui parvenaient les rires et les éclats de voix de ses invités...

Il avait tenté de percer les défenses de Mr Cuddington, mais sans succès.

Mieux il connaissait le sous-secrétaire d'État aux Affaires Etrangères, plus il le détestait. Il en arrivait même à rêver de meurtre.

Jamais de sa vie il n'avait haï à ce point. La seule proximité de Mr Cuddington provoquait en lui un malaise insupportable.

Mais, doué d'une intelligence remarquable, Cuddington savait briller en société. Il s'exprimait bien, se montrait très cultivé et avait une très grande expérience du monde.

Tant de qualités intellectuelles plaidaient en sa faveur que le marquis eût fini par se reprocher ses préventions, si, de temps en temps, un de ses amis ne l'avait pas tiré par la manche pour lui demander discrètement la raison de la présence à Alton Park de cet « outsider ».

Certains employèrent d'autres mots pour qualifier le sous-secrétaire d'État.

Le marquis, quant à lui, s'était multiplié en

flatteries, s'efforçant au cours d'une conversation anodine, d'obtenir quelques renseignements sur les circonstances de ses fiançailles avec Sylvina.

En pure perte. A toutes ses tentatives, Mr Cuddington opposa une constante bonne humeur, mais ne fit jamais la moindre confidence. Sous le couvert de l'enquête administrative concernant le comte, le marquis avait sondé Cuddington sur les affaires étrangères en général, puis, de fil en aiguille, ramené la conversation sur Sylvina.

– Connaissez-vous miss Blaine depuis longtemps?

– Pas depuis très longtemps.

– Que pensez-vous du jeune Blaine? J'ai cru comprendre que lord Hawkesbury l'avait agréé par égard pour la mémoire de sir Rendell.

Mr Cuddington haussa les épaules.

– Un gentil garçon, mais je doute qu'il aille bien loin. Son ambition consiste à se faire bien voir de la haute société. Il aime surtout fréquenter les salons à la mode.

– Et vous-même, monsieur le sous-secrétaire d'État, êtes-vous ambitieux?

L'esquisse d'un sourire apparut sur les lèvres molles de Cuddington.

– J'ai travaillé dur pour atteindre ma position.

– Une position très enviable, en vérité. Parlez-moi un peu de la très charmante miss Blaine.

Mais le marquis sut à cet instant précis qu'il ne pourrait supporter la conversation qu'il avait tant souhaitée.

Aussi, avant que Cuddington ait ouvert la bouche, il se leva d'un bond en affectant de s'étonner de l'heure.

– Je néglige mes autres invités! Nous reprendrons notre conversation plus tard, au ministère peut-être.

– Comme vous voulez. Je reste à votre entière disposition, milord.

Le marquis s'éloigna. Il avait grand besoin d'air pur.

Il n'avait toujours rien découvert.

Mr Cuddington se comportait à merveille et multipliait les compliments à l'égard de la duchesse. Il accueillait avec empressement toutes les suggestions.

Il admirait la maison, s'exclamait devant la beauté du paysage, bref, louait tout ce qu'il voyait.

Il posa force questions sur la gestion du domaine, l'entretien du château, la répartition des fermes. Il s'enquit même, auprès du majordome, de détails sur le train de vie à Alton Park.

Sans doute veut-il acheter un domaine pour se rendre à la campagne en compagnie de Sylvina, se dit le marquis.

Cette pensée le fit sourciller.

Que faire, Seigneur? Que faire? Saouler Mr Cuddington? Pourquoi pas? « In vino veritas »! Combien de fois le marquis n'avait-il pas usé de cette expression à l'intention de ses amis?

La soirée du vendredi avait pour but d'éblouir Mr Cuddington et de flatter ses pires instincts de parvenu. Celle de samedi serait toute différente, décida le marquis.

Il envoya un billet urgent à un vieil ami, lord Hornblotton, féru d'histoires et franc buveur. On considérait sa présence à une table comme l'une des attractions du repas.

Le marquis invita aussi sir Lucas Powell, deuxième personnage du comté, grand chasseur devant l'Éternel, infatigable lorsqu'il s'agissait de lever le coude.

Comme la conversation prendrait sans nul doute une tournure très particulière, le marquis limita le nombre des participants à la beuverie qu'il projetait. De plus, au milieu d'un cercle restreint, il surveillerait mieux son homme.

Cependant, longtemps après que les dames se furent retirées dans leurs chambres et qu'un nombre respectable de flacons eut rougi les figures, émoussé les esprits et rendu les fronts moites, Mr Cuddington conservait une parfaite maîtrise de lui-même.

Il buvait comme un trou, mais alors que ses jambes cédaient sous lui, son esprit conservait toute sa clarté.

Ses histoires devenaient obscènes. Il se repaissait de détails scabreux et ne soupçonna jamais qu'il inspira plusieurs fois à son hôte le désir de l'étrangler sur-le-champ.

Le vin coulait à flots. Les invités, affalés sur les sièges de brocart, tendaient toujours leurs verres aux domestiques qui ne cessaient de s'affairer.

Mr Cuddington se lança dans une histoire si repoussante que le marquis, n'y tenant plus, se leva. Désespéré, il se retira dans sa chambre sans saluer ses invités.

Son valet de chambre, sentant son maître contrarié, prit grand soin de ne pas l'irriter.

« Depuis que ses deux meilleurs amis sont morts à la guerre, pensa-t-il, jamais je n'ai vu Sa Seigneurie si triste. »

Le marquis s'assit devant l'âtre de la cheminée et médita. La journée avait été belle, mais le vent qui, de l'autre côté de la Manche, retenait au port les bateaux de Napoléon, fraîchissait d'heure en heure et s'insinuait par toutes les ouvertures.

Malgré le feu, le marquis frissonna. Il se leva donc et se glissa dans le lit à colonnes de ses ancêtres. Là, les grands rideaux le protégeraient des courants d'air.

La tête posée sur l'oreiller, il se divertit au spectacle des flammes jouant sur les moulures des colonnes.

Un maître ébéniste s'en était donné à cœur joie, sculptant ce qu'il connaissait le mieux de toute évidence.

Le marquis reconnut des feuilles de chêne et les glands, puis des feuilles de bouleau, d'érable et de saule.

« Cet homme devait aimer la forêt! se dit-il. Comme Sylvina... »

Tous les moindres aspects de son comportement lui revinrent aussitôt en mémoire. Elle lui parlait avec froideur et veillait à ne laisser transpercer aucune familiarité dans ses paroles.

Pourtant, il l'avait tenue dans ses bras et ses lèvres avaient répondu à son baiser, étreinte merveilleuse qui, un bref instant, les avait transportés hors du monde...

Comment pouvait-elle, maintenant, lui témoigner tant de haine?

Le marquis serra les poings, prêt à briser n'importe quoi pour soulager ses nerfs.

Pourtant, au fond de lui, une petite voix intérieure lui soufflait que le détachement de Sylvina n'était qu'une attitude.

Elle essayait de le faire souffrir parce qu'elle-même avait souffert.

Quand elle était descendue au salon pour dîner, le premier soir, il lui avait dit :

– J'espère que vous trouverez votre chambre confortable, miss Blaine. Je vous l'ai attribuée car elle me paraît la plus romantique du château.

Pour toute réponse, Sylvina avait discrètement levé les yeux.

– On raconte que le prince Charles y a dormi. J'ose espérer que son souvenir ne vous incommodera pas. De toute façon, votre frère dormira dans une chambre voisine.

– Je ne redoute pas les fantômes, milord. Ils n'ont plus le pouvoir de nuire et de trahir.

Là-dessus, elle s'était éloignée pour le reste de la soirée.

Le lendemain matin, le marquis avait suggéré une promenade à cheval et, au dernier moment, Sylvina s'était excusée. Le marquis savait pourtant qu'elle avait apprécié le pur-sang qu'il lui avait réservé.

Pourquoi avait-elle refusé cette promenade? Parce que, dans le temple grec, ils avaient parlé de chevaux.

Le cœur lourd, le marquis se contenta de la compagnie des messieurs. La promenade fut brève, juste à la limite de la bienséance.

De retour au château, il espéra distraire Sylvina en lui offrant la compagnie de ses chiens. Il avait en effet remarqué l'intérêt de la jeune fille pour ses deux épagneuls blanc et fauve.

Mais les deux bêtes, qui jouaient avec Sylvina agenouillée, bondirent vers leur maître dès qu'elles le virent.

– Je suis heureux que vous aimiez la compagnie de Remus et de Romulus. Je les ai achetés tout petits, après mon voyage à Rome.

– Leurs noms leur conviennent donc parfaitement, milord.

– Sylvina! Oseriez-vous me traiter de louve?

Les fossettes se creusèrent sur les joues de la

jeune fille. Une lueur espiègle traversa ses yeux.

Mais juste à cet instant, Mr Cuddington entra dans le salon. Voyant Sylvina agenouillée, il fronça les sourcils :

— Êtes-vous souffrante?

Sylvina se leva en rougissant et s'éloigna pour rejoindre la duchesse qui faisait une réussite compliquée en compagnie de Clyde.

Le prince de Galles, Mrs Fitzherbert et d'autres invités du marquis et de la duchesse de Bilsen arrivèrent alors pour déjeuner.

De toute évidence, leur présence combla d'aise Mr Cuddington. Quant à Sylvina, elle se montra charmante comme à son habitude. Sa grâce attirait avec la force d'un aimant.

— Je me rappelle fort bien votre père, lui dit le prince en prenant congé. Que votre mère était belle! Dans ma jeunesse, tous les hommes de Londres en étaient amoureux.

Pendant quelques secondes un sourire illumina le visage de Sylvina.

— Merci, prince, dit-elle. Je suis touchée que vous vous souveniez de ma mère.

— Qui pourrait l'oublier? (Il tapota la main de Sylvina et ajouta :) Vous lui ressemblez, ma chère enfant.

Puis il partit, laissant derrière lui un sillage de bonne humeur que Mr Cuddington lui-même ne parvint pas à dissiper.

Chacun ayant fait trop bonne chère au milieu de la journée, on passa dans le parc afin de se dégourdir les jambes tout en admirant les parterres de fleurs.

Le labyrinthe végétal, planté sous Henri VIII, eut beaucoup de succès. Le marquis y conduisit Mr Cuddington et Clyde, puis apercevant Sylvina, seule, à l'orée de la forêt, il la rejoignit.

– Vous semblez bien seule, petite princesse. Le chevalier errant pourrait-il vous prendre dans ses bras et vous emmener loin du dragon qui vous terrorise?

En dépit de tout, le marquis espérait que les traits de Sylvina s'illumineraient enfin de l'émerveillement naïf dont il cultivait tendrement le souvenir.

Il fut bien déçu.

– J'ai récemment beaucoup lu sur les chevaliers errants, milord. Il semble que leur réputation ait été surfaite. En réalité, nombre d'entre eux n'étaient que des rustres profitant de leur rang pour séduire les jeunes filles assez sottes pour les croire.

Piqué au vif, le marquis réagit vivement :

– Je vous approuve tout à fait, miss Blaine, répondit-il. J'espère que Mr Cuddington ne tardera pas à sortir du labyrinthe. Je voudrais, en effet, le consulter sur la meilleure façon de me débarrasser de certain temple grec qui se dresse non loin d'ici.

– Le démolir? Mais vous n'y pensez pas!

– Pourquoi pas?

– Ce serait un sacrilège.

– Désormais, il ne servira plus à rien. D'ailleurs, il n'a jamais servi qu'à susciter des rêveries que vous-même êtes la première à juger stupides. Mieux vaut qu'il disparaisse. Je le ferai raser.

– Je vous en prie, ne faites pas cela!

– Sylvina...

Mais alors, une voix les interrompit :

– Milord, à l'aide!

Clyde arrivait en courant.

– Que voulez-vous? lui demanda le marquis de fort méchante humeur.

– Mr Cuddington s'est perdu dans le labyrinthe. Il m'a distancé et, depuis, je ne peux plus le retrouver.

– Voilà qui est bien malencontreux. Je vais me précipiter au secours de M. le sous-secrétaire d'État aux Affaires étrangères. Quel malheur si on ne retrouvait que ses os blanchis!

Du coin de l'œil, il observait Sylvina. Le temps d'une brève seconde, les petites fossettes apparurent...

Le sauvetage accompli, le marquis dut attendre longtemps avant de pouvoir, de nouveau, reprendre sa conversation avec Sylvina. Alors, il proposa de lui montrer la bibliothèque. Il sentait qu'elle aimerait cette pièce aux murs entièrement recouverts par les volumes que, depuis le XVe siècle, les Alton accumulaient consciencieusement.

Le marquis s'enorgueillissait de posséder de très anciennes éditions des classiques grecs et l'un des plus vieux livres de latin.

Evidemment, il souhaitait se retrouver seul à seule dans la bibliothèque avec Sylvina, mais la jeune fille ne l'entendit pas de cette oreille et se fit accompagner de Clyde.

– Je ne suis pas un érudit, confessa très franchement ce dernier. Chez nous, le rat de bibliothèque, c'est Sylvina. Quelle mémoire elle a! Elle peut lire des pages et des pages de grec ou de latin sans oublier une seule ligne. Mon père disait toujours qu'elle deviendrait professeur.

– J'imagine que vous préférez les langues vivantes, répondit le marquis.

– Oui. J'ai appris par l'usage celles des pays où mon père a servi.

– Mais vous, miss Sylvina, vous préférez les classiques?

— Je les trouve assez intéressants, répondit-elle avec détachement.

Mais à la façon dont elle feuilleta plusieurs livres, le marquis comprit qu'elle ressentait une intense émotion. Elle lut un long moment, puis brusquement ferma le livre et le rendit.

— Merci. J'ai pris beaucoup de plaisir à le consulter.

— Permettez-moi de vous l'offrir.

— Non, non. Je ne peux l'accepter!

— Pourquoi?

— Allons, Sylvina, plaida Clyde, ne fais pas de manières. Je sais que tu préfères un livre à un collier de diamants!

— C'est vrai, mais de même que je ne saurais accepter un collier de diamants, je ne peux accepter ce livre.

— Cette analogie dépasse mon entendement, dit le marquis. Mr Clyde, ne pourriez-vous fléchir votre sœur?

— Elle est très difficile à convaincre, milord. Et tout particulièrement sur le chapitre des cadeaux. L'autre jour, elle s'est mise dans tous ses états lorsqu'elle a su que Mr...

— Clyde, je t'en prie!

Le jeune homme se tut, puis présenta ses excuses.

— Pardonne-moi. Je parle trop, je le sais.

Sylvina esquissa une révérence à l'intention du marquis.

— Avec votre permission, milord, je vais aller retrouver votre grand-mère.

Et sur ce, elle s'éclipsa.

— Votre sœur constitue une exception des plus rares, Mr Blaine. De nos jours, les jeunes filles ne répugnent pas à recevoir des cadeaux.

— Je le sais. Sylvina est très fière.

– Vous disiez, n'est-ce pas, qu'elle ne souhaitait pas recevoir de cadeaux de la part de Mr Cuddington? hasarda le marquis.

– En effet. Sylvina s'offusque des libéralités de Mr Cuddington. Mais que voulez-vous, depuis la mort de mon père, nous vivons dans la gêne. Où trouverions-nous l'argent nécessaire à ses toilettes?

– Il me semble pourtant que l'existence vous sourit...

Le ton était si affable que Clyde ne soupçonna nullement la manœuvre.

– En tant que chef de famille, je dois soigner ma tenue.

– Je vois. Votre sœur ne pense-t-elle pas qu'il serait sage de sa part de ne pas accepter de cadeau d'un homme avant d'être devenue sa femme? Quelques petits sacrifices de votre part suffiraient à lui redonner son indépendance.

Clyde Blaine parut soudain fort embarrassé. Sans insister, le marquis remit le livre en place.

– Maintenant, rejoignons les dames, si vous le voulez bien.

D'acharnées parties de piquet accaparèrent tous les invités jusqu'à l'heure du dîner.

Sylvina fut la première à se retirer dans sa chambre pour se changer. Le marquis s'inquiéta de sa pâleur. Si elle est aussi tendue que moi, se dit-il, elle doit beaucoup souffrir...

Il sentait un impitoyable carcan le paralyser.

Allait-il se laisser étouffer sans lutter? Plus le temps passait, plus il doutait de lui-même.

Jamais il n'avait vécu l'humiliation d'être tenu en échec, lui qui avait tant manœuvré les autres, tant dominé les événements.

Bientôt, le week-end toucherait à sa fin et les

invités reprendraient le chemin de Londres.
Quel profit aurait-il tiré de cette réception soigneusement mise au point? Absolument aucun!
Bien au contraire, Sylvina semblait s'éloigner de lui de plus en plus. Peut-être, après tout, le haïssait-elle vraiment...
Le cœur oppressé, le marquis rejoignit dans le salon sa grand-mère déjà prête pour le dîner. La lumière des chandeliers jouait sur les bijoux de la vieille dame.
– Justin, dit-il, cette réception est-elle conforme à vos espérances?
– Vous savez bien que non...
– Ah! J'ai des nouvelles à vous transmettre. Je viens de recevoir un mot d'Emily Dansby.
Le marquis ne demandant aucune précision, la duchesse poursuivit :
– Leone s'est fiancée au duc de Farringdon.
– Farringdon? Il a au moins quatre-vingts ans!
– Non, soixante-seize, seulement. Il est très riche.
Leone sera donc comblée. Mais il m'est désagréable d'apprendre que cette jeune femme va épouser une vieille « baderne ».
– J'ai cru longtemps que Leone et vous finiriez par vous unir, mais selon toute apparence elle n'a pas su accéder à votre cœur.
– Peut-être n'avais-je pas de cœur...
– Et maintenant?
– Mon cœur me semble irritable et douloureux.
– Je suis enchantée de l'apprendre.
– Vraiment? Que voulez-vous dire? Je ne m'attendais pas à une telle remarque de votre part!
– Je n'en retire pas un seul mot. Si vous aimez vraiment, Justin, comme je le soupçonne depuis

que cette exquise créature a franchi notre seuil, je m'en réjouirai de tout mon cœur.

– Je pensais que vous me vouliez du bien...

– C'est vrai, et vous le savez. Vous êtes mon petit-fils préféré et j'ai toujours plus que tout au monde désiré votre bonheur. J'ai donc le droit de vous dire qu'il m'a été pénible de vous voir peu à peu devenir un dandy cynique et blasé, gaspillant son temps et son énergie à poursuivre des coquettes de ses assiduités.

Le marquis éclata de rire.

– Grand-mère, vous êtes incorrigible! Moi qui vous imaginais fière de votre petit-fils!

– Je l'ai été, quand vous serviez dans l'armée. Je l'ai encore été lorsque Mr Pitt vous a confié un poste de responsabilité. Mais, entre-temps, j'ai souffert pour vous. Je préférerais ne pas parler de cette époque...

– Moi aussi. Cette période est finie. Du moins, je l'espère. Parlez-moi plutôt de la mère de Sylvina.

– Je savais que, tôt ou tard, vous finiriez par me poser cette question. Jeannie Campbell était une ravissante créature, si gaie, si naturelle que, lorsqu'elle vint habiter Londres, elle fit battre bien des cœurs. Ses qualités étaient telles qu'elles suscitaient autant d'amitié chez ses amies que chez ses admirateurs.

– Pourquoi a-t-elle épousé sir Rendell?

– Il ne s'appelait pas sir Rendell à cette époque. Ce n'était qu'un petit fonctionnaire du ministère des Affaires étrangères. Or, Jeannie aurait pu épouser n'importe quel homme de son choix. Plusieurs pairs avaient déposé à ses pieds leurs titres et leurs fortunes. Mais Jeannie suivit les penchants de son cœur. Elle tomba amoureuse. Est-ce bien là ce que vous vouliez savoir?

— Elle est tombée amoureuse..., répéta le marquis.
— Totalement, dès le moment où elle a rencontré le jeune Blaine. Il ne pouvait alors se prévaloir que de ses qualités de gentilhomme. Le duc, au début, réprouva le projet de sa fille, mais il se rendit vite compte qu'il ne pourrait rien contre la volonté de Jeannie. Elle appartenait à cette sorte de femmes qui aiment une seule fois dans la vie et pour toujours. Sa fille lui ressemble, je le sens.
— Grand-mère, que dois-je faire? Dites-le-moi, je vous en prie! J'ai tout essayé, mais elle me hait.

La duchesse douairière eut un sourire malicieux.

— Si vous êtes assez peu clairvoyant pour croire une chose pareille, je vous abandonne à vos problèmes.
— Pensez-vous qu'il y ait encore de l'espoir?
— J'ignore ce qui vous sépare, mais j'affirme que j'ai connu peu de femmes souffrant comme cette jeune fille en ce moment. En ce qui vous concerne, je suis sûre que vous ne lui êtes pas indifférent.
— Il faut donc que je découvre ce qui la préoccupe. Je gagnerai son cœur, quel qu'en soit le prix!
— Voilà qui est parlé! Dois-je comprendre qu'en dépit de votre expérience des femmes, de votre prestance et de votre charme, vous n'arrivez pas à vous faire aimer d'elle? Justin, j'ai honte pour vous!
— Vous me redonnez courage, grand-mère, à un moment où je touchais le fond du désespoir. Maintenant, j'ai la certitude de vaincre. Je gagnerai! Je gagnerai!

Et il accompagna sa résolution d'un coup de poing sur le manteau de la cheminée.

La duchesse douairière l'approuva d'un sourire.

— J'ai par-dessus tout détesté les attitudes veules devant la vie. Vous vous réveillez, mon garçon. A la bonne heure! J'ai l'impression de vous redécouvrir, Justin. Tenez, je vais vous raconter quelque chose...

— Je vous écoute.

— Je me trouvais en compagnie de Sylvina. Nous parlions depuis un moment et elle pleurait, comme pleure une orpheline dans une situation grave. Soudain, elle m'a dit : « Madame, quand la vie devient insupportable, quand il ne reste aucun espoir, quand l'avenir s'annonce comme un enfer, est-il mal de songer à mourir? »

— Qu'avez-vous répondu, grand-mère?

— Je lui ai répondu que l'espoir n'abandonne jamais celui qui sait prier. Elle a ajouté : « Mais, madame, j'ai prié et prié. J'ai supplié maman de m'entendre, mais je n'ai pas su l'atteindre. » Voyez-vous, Justin, chacun de nous, un moment ou l'autre, se sent seul, atrocement seul. Cette jeune fille subit en ce moment la dure épreuve de la solitude.

— L'avez-vous réconfortée?

— Je l'ai assurée que sa mère veillait sur elle et qu'elle n'était donc pas seule.

— Seigneur! Mais si jamais...

La duchesse posa la main sur le bras de son petit-fils :

— Rassurez-vous, elle n'attentera pas à ses jours.

— Il ne lui survivrait pas longtemps!

La duchesse avait compris.

Dans l'obscurité de son lit à baldaquin, le

marquis se rendait compte à quel point il est facile de parler et difficile d'agir.

Provoquer Mr Cuddington en duel serait un scandale. Or, il ne pouvait le pousser dans la rivière, le jeter du haut d'une falaise, ou l'étouffer pendant son sommeil!

Le poison, alors? Jamais!

Pourtant la situation se résumait en un choix entre la vie de Sylvina et celle de Cuddington.

Pourquoi ne se levait-il pas sur-le-champ pour réveiller Sylvina et exiger d'elle, au besoin par les menaces, le secret du pouvoir que Cuddington exerçait sur elle? Sa chambre était toute proche...

Il l'avait choisie afin de protéger éventuellement Sylvina. Cuddington, lui, dormait dans une chambre monumentale propre à flatter son goût du luxe.

« Si j'agissais ainsi, j'effraierais Sylvina. Certes, mais n'est-elle pas déjà terrorisée? Peut-être devrais-je tenter ma chance auprès de Clyde? Il est jeune et ingénu, il parlerait facilement. Sans doute, mais il aime sa sœur et refusera de la trahir. J'essaierai pourtant, bien qu'il m'en coûte d'intriguer. »

– Oh! ma chérie, murmura-t-il... Pourquoi me rends-tu si malheureux? Mais je suis le premier qui t'ait embrassée! Cuddington ne peut au moins se vanter de cela!

A la seule pensée du sous-secrétaire d'État et de ses lippes molles, le marquis serra les poings.

– Sylvina, Sylvina, accorde-moi ta confiance!

Il lui sembla que son amour, telle une flamme, s'envolait vers sa bien-aimée...

– Sylvina, Sylvina!

Il se tourna en tous sens, mais sans trouver la

paix. Le visage de Sylvina, l'expression douloureuse de Sylvina, la douceur de Sylvina ne quittaient plus ses pensées.

Il désirait la protéger, éloigner d'elle à jamais la souffrance et la peur, tout faire, pour la rendre heureuse.

Il n'avait jamais aimé de cette façon jusqu'à ce jour. L'amour l'avait diverti. Il ignorait qu'on pût en souffrir. Mais désormais brûlait en lui une flamme qui consumait sa fierté et le rendait humble comme il ne l'avait jamais été.

Son rang, sa fortune, ses titres, ses terres, que tout cela pesait peu au regard d'une frêle jeune fille aux allures d'elfe!

De toutes ses forces, il voulait la rendre heureuse...

Soudain, le marquis se figea.

Quelqu'un s'introduisait dans sa chambre!

10

La porte s'ouvrit et se referma très vite. Le marquis se dressa sur un coude, sentit d'abord une présence, puis entendit le bruit d'une respiration irrégulière.

Enfin, il vit une silhouette se diriger vers lui à la lueur des dernières braises qui mouraient dans l'âtre.

La silhouette se jeta sur le lit, et brusquement, éclata en sanglots. Il entendit :

– Clyde! Oh! Clyde... Il est dans ma chambre... Il m'a touchée... Il est ivre... Il sent le vin... Je ne peux le supporter! Je ne le peux!

Un court silence s'ensuivit. Sylvina reprit sa respiration, avec peine.

– J'ai laissé... la chandelle allumée... pensant... que tu viendrais peut-être me souhaiter... bonne nuit. Mais... je... me suis endormie... Quand... je me suis réveillée... il était là... il me regardait... Son visage était... tout près du mien! Quand... j'ai voulu crier... il m'a mis la main... sur la bouche. Il me tenait de... telle façon... que je ne pouvais... plus bouger. Quand j'ai essayé... de lutter... il m'a dit : « Ne vous rendez-vous pas compte... que vous êtes... en mon pouvoir? Voilà... qui vous apprendra... à me regarder... avec mépris...

Tu ne m'échapperas pas, ma toute belle! »

Un sanglot plus fort que les autres interrompit encore Sylvina. Puis elle reprit :

– ... Je me suis débattue... pour me débarrasser de lui... mais il était trop fort... Alors, il m'a dit... il m'a dit... il y avait quelque chose d'horrible... dans le ton... de sa voix : « Quand nous serons mariés... je te battrai... pour briser ta volonté... et je te rendrai... humble... comme une femme... doit l'être à l'égard... de son mari! Chaque fois que tu me refuseras... un baiser... ou que tu me repousseras... tu le paieras cher! »... Il riait... il riait... Clyde! Clyde!... il a même ajouté ceci : « Je te battrai plus tard. Pour l'heure, j'ai envie de t'embrasser. » ... Il a ôté sa main de ma bouche... s'est penché vers moi... et... je l'ai frappé, Clyde!... Je l'ai frappé de toutes mes forces... entre les yeux... Je l'ai surpris, et comme il était ivre... il a glissé... J'ai alors disposé de quelques secondes... et je me suis enfuie...

Elle reprit haleine et poursuivit :

– ... Clyde! Il attend mon retour... maintenant! Je... ne peux plus rien faire pour toi... Je ne peux plus te sauver... Je ne peux plus l'épouser... Je préférerais mourir que de le sentir me toucher!... Sauve-moi, Clyde! Pour l'amour du ciel... sauve-moi! Va trouver le marquis et dis-lui toute la vérité! Je le tiens... pour un homme juste... Il prendra une décision... Vois-tu... même pour te venir en aide... même pour t'épargner la Tour de Londres... je ne peux me résoudre à épouser ce monstre!

Les sanglots la reprirent et, pendant un long moment, elle sombra dans un désespoir tel qu'elle ne put même penser de façon cohérente.

Lorsqu'elle reprit conscience, elle devina que son frère s'était levé et se disposait à allumer une chandelle.

— ... Je ne veux plus qu'il me touche, Clyde! gémit-elle. Mais je t'en supplie, ne l'affronte pas! Il est dangereux... Empêche-le seulement de me toucher!

— Il ne vous touchera plus, fit le marquis.

Frappée de stupeur, Sylvina se redressa lentement, puis tourna son visage baigné de larmes.

Le marquis se tenait près d'elle, une chandelle à la main.

C'en était trop! Sylvina poussa un cri et s'évanouit.

Mais moins d'une minute plus tard, elle revenait à elle dans les bras du marquis... Aussitôt, elle en éprouva une délicieuse impression de sécurité... Délicieuse, mais de courte durée... Se rappelant tout ce qu'elle avait dit, elle se mit à trembler.

Le marquis la porta dans une autre chambre, la posa délicatement sur un canapé, disposa des coussins autour d'elle et la recouvrit d'une fourrure.

Lorsqu'enfin elle se résolut à entrouvrir les paupières, elle aperçut le marquis. A l'autre extrémité de la chambre, il emplissait un verre.

Il revint vers le canapé et ordonna :

— Buvez ceci.

Le ton était autoritaire mais rassurant. Sylvina ouvrit les yeux et porta le verre à ses lèvres. Une colonne de feu la traversa de part en part, dissipant en un rien de temps la torpeur et l'angoisse qui obscurcissaient son pauvre cerveau surmené.

Le marquis la débarrassa du verre, puis l'observa longuement. Jamais il n'avait vu visage si malheureux, expression si désespérée.

Sylvina s'aperçut qu'il l'avait enveloppée de son couvre-lit. Son contact était doux et ses doigts suivaient machinalement le contour des broderies.

Le marquis prit un mouchoir dans la poche de sa robe de chambre, s'agenouilla à la hauteur du visage de sa bien-aimée et entreprit de tapoter ses joues humides de larmes.

— Vous ressemblez tout à fait à un petit chat égaré sous la pluie.

— Vous m'aviez dit que Clyde dormait dans la seconde chambre du corridor...

— Ce en quoi je ne mentais pas. Votre frère se trouve dans la deuxième chambre du couloir. Sylvina, je suis très malheureux d'apprendre que vous avez été importunée sous mon toit.

— Je me suis pourtant dirigée vers la seconde porte...

— Et vous vous êtes trompée. La porte voisine de la vôtre est celle de mon salon privé, où vous êtes en ce moment.

Il se releva et s'assit au bord du sofa.

— Ne pensez-vous pas que vous devriez me dire toute la vérité maintenant?

— Je ne peux pas. Ne comprendrez-vous jamais que je ne peux pas?

— Après tout ce que j'ai entendu? Préféreriez-vous que j'interroge Clyde?

— Surtout pas! Je vous en supplie!

Elle voulut soutenir le regard du marquis, n'y parvint pas et capitula brusquement.

— Soit... Je vais... tout... vous dire. Mais, je vous en prie... éloignez-vous un peu... Cela me gêne de vous voir si près...

Le marquis obéit avec une docilité qu'aucune autre femme n'aurait soupçonnée chez lui. Il alla jeter une bûche dans l'âtre et s'accouda au manteau de la cheminée.

La bûche s'embrasa soudain et la danse des

flammes réveilla toutes les ombres de la pièce.

— Me promettez-vous de me croire?

— Vous savez bien qu'il ne me viendrait pas à l'esprit de mettre en doute vos paroles.

— Vraiment? Vraiment, sir Justin?

Son nom lui avait échappé!

Le marquis se précipita pour prendre la main de la jeune fille.

— Regardez-moi, Sylvina. J'attends de vous une confession, que je présume difficile. Mais sachez que vous allez la livrer à Justin, que vous avez rencontré dans la forêt, auquel vous avez spontanément accordé votre confiance. Oubliez le marquis d'Alton! Parlez à cœur ouvert.

L'impression de sécurité que lui communiquaient les mains du marquis dissipa enfin ses dernières réticences.

— Je vais... tout vous dire.

Le marquis alla s'asseoir dans un grand fauteuil près de l'âtre.

— Où commencer?

— Par le commencement.

— C'est-à-dire quand p... papa a été t... tué! et que Bessie et moi sommes venues habiter Londres, dans notre maison de Curzon Street. Clyde nous a rejointes un peu plus tard. Bref, à cette époque, nous avons découvert que nous étions sans argent. Papa, en effet, s'était révélé très imprévoyant. Après la mort de maman, il avait beaucoup négligé ses affaires. Sa douleur l'accaparait tout entier...

Quelques secondes s'écoulèrent en silence, puis :

— ... Je me demande encore si j'aurais pu l'aider, si j'aurais pu l'empêcher d'être aussi malheureux...

— Vous étiez bien jeune, à l'époque.

– J'avais dix-sept ans à sa mort. Je dois vous dire également que j'ai toujours refusé de fréquenter le monde qu'il aimait tant. Ce détail vous paraît sans doute sans intérêt, mais j'essaie de vous dépeindre la situation de mon mieux.

– Je veux tout savoir, tout. N'omettez rien.

– Clyde a vendu la maison, tous les meubles et l'argenterie de papa, ainsi que les bijoux de maman. Bessie et moi nous avons habité là petite maison de Chelsea, qui présentait le double avantage de ne rien coûter et de disposer d'un jardin.

– Je me suis dit, en effet, que le jardin avait tenu un grand rôle dans votre choix.

– Grâce à lui, il m'est arrivé d'oublier que je me trouvais à Londres! J'ai conservé la plupart des objets personnels de maman, le secrétaire sur lequel elle écrivait ses lettres, sa boîte à ouvrages en marqueterie, et la petite table où elle empilait tous les bibelots glanés çà et là au cours de nos voyages. Grâce à tout cela, j'ai pu reconstituer un foyer pour Clyde...

Ému, le marquis dut résister à la tentation de se lever et de prendre Sylvina dans ses bras. Mais le souci de ne pas interrompre la jeune fille l'emporta.

– Un jour, Clyde a dû se résoudre à vendre son brevet d'officier. Cette décision lui coûta beaucoup, car il adorait la vie militaire. Mais il ne pouvait vivre sur sa solde. De plus, nous étions à sa charge. Il se mit donc en quête d'un emploi et, finalement, le Ministère des Affaires étrangères agréa sa candidature, eu égard aux services rendus par notre père.

– Je vois!

– Clyde a pris à cœur sa nouvelle carrière, je vous l'affirme, mais parfois il donne une impression d'insouciance, car il adore s'amuser et voir du monde. En cela, il ressemble tout à fait à son pauvre père. Hélas! nous ne sommes pas riches et Clyde souffre beaucoup de ne pouvoir rendre les invitations qu'il reçoit.

— Mais, si je comprends bien, Bessie et vous-même l'aidez de votre mieux?

— Bessie est merveilleuse. Elle a servi maman pendant des années et nous adore. Lorsque notre tante est partie pour Harrogate, je ne me suis pas sentie seule, précisément parce que Bessie restait à mes côtés. Mais à la mort de la sœur de Bessie, j'ai fait l'expérience d'une atroce solitude. Et j'ai eu peur...

— Dans quelles circonstances l'avez-vous rencontré?

Sylvina comprit sans peine. Elle porta la main à son front, comme pour mieux réfléchir, et :

— Mais je m'égare dans des digressions sans intérêt pour vous. Six mois après son entrée au Ministère des Affaires étrangères, Clyde a eu une promotion. Il en éprouvait une immense fierté. Il disposait enfin de son propre bureau! J'ai voulu m'y rendre, par curiosité. Clyde a accepté de me le montrer, mais la nuit tombée, sans doute parce que mes robes lui faisaient honte. Je ne le lui reproche pas, remarquez bien, car à cette époque il nous fallait encore payer les dettes de notre père.

— Bien entendu!

— Donc, Clyde promit de me faire visiter son bureau après la fermeture. Je l'ai retrouvé dans le parc. C'était le jour où j'ai vu les canards, je me rappelle bien. Nous sommes entrés dans le Ministère et nous avons marché, marché le long d'interminables couloirs. Nous commettions sans doute une infraction. Nous l'avons durement payée. A l'instant précis où Clyde me demandait de choisir le portrait de père qui conviendrait le mieux pour décorer son bureau, la porte s'est ouverte et Mr Cuddington est entré...

Le marquis vit Sylvina serrer ses petits poings.

— ... Dès le premier abord, j'ai su...
— Que c'était un être malfaisant! acheva le marquis.
— Je vous l'ai déjà dit, n'est-ce pas?
— Je me rappelle tout ce que vous m'avez dit.
— Voilà donc le sentiment qu'il m'a inspiré. Il y avait dans son expression, dans sa manière d'être, quelque chose qui me le désignait comme dangereux. Pourtant, il essaya de se montrer agréable, affable. Le lendemain, il s'est présenté à la maison.
— Seul?
— Non, en compagnie de Clyde. Quand je l'ai vu dans le salon, quand je l'ai vu examiner les souvenirs de maman, j'ai compris que je le haïssais.
— Est-il revenu?
— Le lendemain et, de nouveau, le surlendemain. Plus il venait, moins je pouvais le supporter. J'ai fini par demander à Bessie de lui dire que j'étais sortie, ou malade. Tous les prétextes m'étaient bons pour éviter de le voir.
— Combien de voix vous a-t-il rendu visite?
— Je ne m'en souviens pas. Je ne saurais le dire avec précision, puisque Bessie a souvent réussi à m'épargner sa vue. Mais un jour, une chose terrible est arrivée...

Sylvina se prit la tête entre les mains pour mieux lutter contre l'émotion qui la submergeait.

— Je vous en prie, Sylvina! Il faut que je sache!

— Mr Cuddington a convoqué Clyde dans son bureau et lui a demandé quelles personnes il avait introduites dans le Ministère hors des heures de service, quels amis il fréquentait, et bien d'autres questions de ce genre. Clyde, bien sûr, ne comprenait pas. Mr Cuddington, alors, lui a présenté un livret.

— Un livret?

— Le livret bancaire personnel de Clyde. A... à... la dernière page figurait la mention... d'une somme... de deux cents livres portée au crédit de Clyde!

— Dois-je comprendre que Clyde ignorait tout de ce versement?

— Il n'en savait rigoureusement rien! Oh! Justin! Je vous en supplie, croyez-moi! Clyde tombait des nues. Il croyait son livret vide!

— Comment Mr Cuddington est-il entré en possession de ce document?

— Mystère! Clyde et moi nous sommes perdus en conjectures à ce sujet. Clyde est allé à la banque. On lui a précisé que le versement remontait à trois jours. Qui l'avait opéré? On ne se souvenait pas. Vous imaginez les conclusions que Mr Cuddington s'est empressé de tirer.

— Il accusait Clyde d'avoir reçu cet argent en échange de renseignements fournis aux Français.

— Jamais Clyde ne ferait une chose pareille! Il est honnête et loyal. Il a servi dans l'armée et place l'Angleterre au-dessus de tout.

— Qu'a donc proposé Mr Cuddington?

— Tout d'abord, il a rappelé que son devoir consistait à remettre Clyde au marquis d'Alton. Ensuite, il a fait état de son intention de m'épouser et conclu qu'il ne désirait nullement avoir pour beau-frère un traître à son roi et à son pays.

– Je comprends tout!

– Je crus devenir folle. Jamais je n'aurais imaginé qu'un homme, surtout un homme de si haut rang, pût proposer semblable marché. Il m'a rendu visite et m'a parlé avec une rare brutalité : « Votre frère s'est conduit d'une façon très répréhensible », m'a-t-il dit. « Impossible! », ai-je répondu. « Il appartiendra au marquis d'Alton d'en décider », a-t-il poursuivi, « à moins, bien sûr, que je me taise ».

– C'est alors qu'il vous a demandée en mariage.

– Il m'a plutôt annoncé qu'il allait le faire. « Vous m'épouserez », a-t-il proclamé, « et je ferai de vous une femme respectable. Vous recevrez mes invités et userez de vos charmes pour attirer le beau monde chez moi ».

Sylvina réprima un sanglot.

– Avais-je alors touché le fond de l'humiliation? Pas encore! Mr Cuddington s'est moqué de notre pauvreté, de mes robes, et même de la situation désespérée dans laquelle nous plaçait l'impudence de Clyde. Si jamais nous refusions ses propositions, il vous porterait le livret et Clyde passerait sous peu en jugement.

Le marquis se leva.

– Je le tuerai de mes propres mains!

– J'ai souvent rêvé de me suicider pour lui échapper. Mais, ce faisant, j'aurais abandonné Clyde à sa vengeance. Vous voyez bien, il n'y a rien à faire...

– Bien au contraire! Il faut prouver l'innocence de Clyde et vous arracher aux griffes de ce misérable.

— Vous croyez donc à l'innocence de Clyde? Oh! sir Justin, je sentais que vous réagiriez ainsi! Non, Clyde n'a pu accepter de l'argent des mains de nos ennemis. Notre père n'a pas engendré un traître!

— J'en suis tout à fait persuadé. Sylvina, mon cher amour, pourquoi ne m'avez-vous pas accordé plus tôt votre confiance? Que de souffrances vous vous seriez épargnées! Je viens de vivre la semaine la plus pénible de ma vie, car j'ai cru notre amour irrémédiablement détruit.

— J'ai eu tort, je m'en rends bien compte. Mais jugez de mon effroi, quand j'ai appris que vous étiez le marquis d'Alton. Maintenant, vous me croyez, Justin. Rien d'autre ne compte.

— Nous ne sommes pas au bout de nos difficultés. En cette période où chacun s'attend à découvrir un espion sous son lit ou derrière une porte de placard, le moindre soupçon sur l'intégrité de Clyde suffirait à ruiner sa carrière.

— Je le sais, mais vous trouverez une solution, n'est-ce pas?

— Je ferai tout mon possible pour sauver Clyde.

— Et je n'épouserai pas Mr Cuddington?

— Je vous jure que cette sinistre éventualité ne se réalisera jamais!

Une expression de soulagement détendit aussitôt les traits de Sylvina. Ses yeux s'illuminèrent de bonheur. Elle tendit les bras.

Le marquis se souvint alors de l'extase de leur premier baiser et s'approcha. Mais, à la dernière seconde, il parvint à dominer sa passion :

— Non, mon amour. Partez vite. Personne ne doit savoir que vous êtes venue dans ma chambre.

Sylvina se sentit parcourue d'un atroce frisson.

– Il m'attend peut-être...
– Je vais vérifier qu'il n'en est rien.

Il se dirigea vers la porte du couloir, l'ouvrit doucement, revint sur ses pas pour prendre un chandelier sur la cheminée et disparut.

Libérée d'un grand poids, Sylvina s'abandonna avec soulagement à la douceur des coussins.

Rien n'était résolu, Clyde courait encore de graves dangers, mais le marquis prenait l'affaire en mains. Quel bonheur! Elle n'éprouvait plus la moindre crainte à son égard.

– Je l'aime! Je l'aime! murmura-t-elle.

Comment avait-elle pu se promettre de ne jamais le revoir? Par miracle, la destinée avait repris ses droits.

Le marquis revint, la robe de chambre de Sylvina sur le bras.

– Il n'y a personne dans votre chambre. J'ai allumé vos chandeliers. Vous pouvez dormir tranquille. Barricadez-vous bien et surtout ne craignez rien. Par ma porte entrouverte, je surveillerai le couloir.

– Je n'aurai plus peur.

Elle tendit la main vers la robe de chambre mais, au moment de la saisir, hésita.

– Je vais me retourner.

Les yeux baissés vers l'âtre, le marquis attendit quelques secondes.

– Je suis prête, annonça Sylvina.

Vêtue de sa robe de laine blanche discrètement ornée d'un peu de dentelle près du col, elle ressemblait à un ange.

– Etes-vous bien sûr que la voie est libre?
– Je vous l'affirme. Ne doutez pas de ma parole.
– Jamais plus. Tout me semble si différent, maintenant!

Baissant les yeux, elle ajouta :

— Je suis gênée d'accaparer ainsi votre temps et votre énergie en un moment où cent vingt mille Français se disposent à envahir l'Angleterre.

Le marquis se figea net :

— De qui tenez-vous le chiffre? de Clyde?
— Non! Pas de Clyde!
— De qui, alors! Répondez-moi, Sylvina!
— Vous semblez irrité. Qu'ai-je donc fait?
— Répondez à ma question : qui vous a dit que cent vingt mille Français allaient débarquer?
— Dois-je vraiment le dire?
— Absolument.
— J'ai surpris une conversation.
— Quelle conversation?
— Sans le vouloir. Jamais je n'aurais délibérément tendu l'oreille. J'ai entendu cela juste après votre visite à Queen's Walk. J'étais si heureuse! A peine avais-je regagné ma chambre que Bessie m'annonçait deux visiteurs. Aussitôt je suis descendue pour les rejoindre mais, de peur que Mr Cuddington se méprît sur mon expression de bonheur, j'ai attendu quelques secondes près de la porte du salon.

— ... et surpris quelques bribes de la conversation entre ces deux hommes?

— Oui!

Le marquis la prit fermement par les épaules :

— Ecoutez-moi bien, Sylvina. Ceci est de la plus haute importance. Rapportez-moi toutes les paroles dont vous vous souvenez. Faites appel à toutes les ressources de votre mémoire. Le moindre mot peut se révéler d'une importance capitale.

Sylvina ferma les yeux pour mieux se concentrer :

— J'ai d'abord entendu le comte. Sa voix m'a remis en mémoire le charme de Paris.
— S'exprimait-il en français?
— Oui.
— Et Cuddington?
— Aussi, mais mal.
— Que disait-il?
— Les premiers mots que j'ai surpris émanaient du comte. Je les cite : « Pénétrer ce service-là constitue un joli coup. Nous réussirons... »
— Ensuite?
— Ensuite?... Le comte a demandé : « A quand l'invasion? » Mr Cuddington a répondu : « Dès que le vent tombera. Tout est prêt. » – « Même rengaine à Paris », a précisé le comte, « mais je suppose que vous connaissez des détails? » – « Certes, a confirmé Cuddington. Le plan consiste à transporter cent vingt mille vétérans sur mille cinq cents péniches et des bateaux à voiles de cent pieds de long armés de pièces de vingt-quatre, et pouvant recevoir cent cinquante hommes. » « Formidable! » s'est exclamé le comte. Mr Cuddington a enchaîné : « Ils partiront de Boulogne, Wissant, Ambleteure et Etaples. Trois cents bateaux quitteront Dunkerque, Calais et Gravelines, trois cents autres, Newport et Ostende, trois cents autres encore, bourrés de soldats hollandais, Flushing. » « Ils seront invincibles! » a crié le comte. « Que feront-ils des volontaires, sans entraînement et sans armes? a demandé Cuddington. Un massacre!... »

Sylvina s'interrompit quelques secondes, puis :
— ... C'est alors que je suis entrée dans le salon. Curieusement, ils souriaient.
— Sylvina, avez-vous rapporté cette conversation à quelqu'un d'autre?

— Non.

— Jurez-moi que vous garderez le secret.

— Je le jure.

— Bon. Maintenant, le temps presse. Je dois changer mes plans. Je pars pour Londres!

Sylvina poussa un cri de surprise :

— Vous... partez?

— Pour quelques heures. Mon départ doit rester secret. Je serai de retour pour le déjeuner. Ne quittez pas votre chambre. Le moment venu, vous ferez dire par Bessie qu'une migraine vous indispose. Après l'épreuve qu'il vous a infligée, Mr Cuddington ne s'en étonnera pas.

— Quand reviendrez-vous?

— Bientôt. Rien ne me retiendra longtemps loin de vous. En ma présence, ne changez pas d'attitude envers moi. Comportez-vous avec réserve, avec froideur même. Dans le salon, recherchez la compagnie de ma grand-mère. Peut-être, demain, aurai-je de bonnes nouvelles pour vous...

— De bonnes nouvelles?

— Oui. Je vous apprendrai peut-être que Clyde n'a plus rien à redouter.

Relâchant son étreinte, il se tourna vers la porte.

— Sir Justin, vous ne m'en voulez pas, au moins?

Surpris, le marquis revint sur ses pas :

— Peut-être vous demandez-vous pourquoi je ne vous ai pas embrassée, ma douce Sylvina, ou pourquoi je ne vous ai pas prise dans mes bras? Regardez-moi. Je meurs d'envie de vous serrer contre moi, de sentir la douceur de vos lèvres et de retrouver l'extase que nous avons connue ensemble, un bref instant. Je vous aime, Sylvina! Je vous aime comme je n'ai jamais aimé. Mais, ma chérie, si je dois vous protéger des autres, il faut aussi que je vous protège de moi-même. Ce soir, j'essaie de me conduire en gentilhomme, et Dieu sait que cela me coûte beaucoup d'efforts.

– Vous m'aimez donc toujours?

– Un jour très prochain, je répondrai à cette question comme il convient. Je vous serrerai très fort, je couvrirai de baisers votre bouche, vos yeux, votre cou, vos cheveux, avec la certitude que rien au monde ne pourra nous séparer. Mais jusque-là...

Sylvina leva la tête, entrouvrit les lèvres. Elle n'avait plus peur, plus peur du tout.

– Je vous aime. J'ai besoin de vous! murmura le marquis.

Il prit les mains de Sylvina, les porta lentement à sa bouche et déposa de tendres baisers sur chacune d'elles, si passionnément que Sylvina eut vite le souffle court et le corps envahi d'une douce langueur.

– Je vous donne mon cœur, dit le marquis. Gardez-le précieusement jusqu'au moment où je viendrai vous dire que le monde nous appartient pour l'éternité!

11

La pendule en bronze doré marquait 10 heures moins 5.

Lord Hawkesbury agita la sonnette pour appeler son secrétaire, qui apparut aussitôt.

– Veuillez prier le sous-secrétaire d'État de vouloir bien me rendre visite.

– Tout de suite, milord.

Mr Cuddington se présenta quelques minutes plus tard.

– Vous désirez me voir, milord?

– Oui, monsieur le sous-secrétaire. J'aimerais que nous effectuions ensemble un tour d'horizon. Mais dites-moi tout d'abord si vous vous êtes bien diverti à Alton Park.

– A merveille, milord. Le marquis nous a reçus d'une façon princière, dans un cadre splendide.

– Alton Park est une des meilleures maisons que je connaisse, en tout cas la plus confortable.

– Je me suis aperçu que le marquis n'est pas aussi redoutable que la réputation qu'on lui a faite. Il m'est apparu si affable que je me demande s'il convient au poste qu'il occupe en ce moment.

– N'en doutez pas! Le marquis se révèle à la hauteur de ce qu'il entreprend, quelle qu'en soit la difficulté. De toute façon, là n'est pas la question ce matin. Je désirerais connaître votre opinion sur cette affaire...

Mais, à cet instant, la porte du bureau s'ouvrit.

– Qu'y a-t-il? demanda lord Hawkesbury.

– Le marquis d'Alton sollicite un bref entretien répondit l'huissier.

– Alton? Par exemple! Au moment même où nous parlions de lui! Faites-le entrer.

Le marquis apparut. Il portait un élégant manteau bleu foncé et une cravate à la dernière mode.

– Bonjour, milord. Bonjour, Mr Cuddington.

Puis, s'approchant de lord Hawkesbury, il ajouta tout bas :

– Personne ne peut nous entendre, je suppose?

– Bien sûr que non! Que se passe-t-il?

– Des événements très graves.

Mr Cuddington fit mine de se retirer, mais le marquis l'arrêta d'un geste.

– Non, non, Mr Cuddington. Je ne m'oppose pas à votre présence, bien au contraire. Ce que je vais confier à Sa Seigneurie vous concerne aussi.

Le sous-secrétaire ayant acquiescé d'un mouvement de tête, le marquis tira de sa poche une grande enveloppe abondamment scellée et la déposa devant lord Hawkesbury.

– J'ai là un document si précieux que deux personnes seulement connaissent son existence. Il s'agit du comte St Vincent, premier lord de l'Amirauté, et de lord Hobart, secrétaire d'État à la Guerre. Ils ont établi ensemble ce rapport, dont il existe trois exemplaires, les deux dont ils disposent, et celui-ci.

Les sourcils de lord Hawkesbury s'arquèrent de curiosité.

— Que contient ce document?

— L'ordre de bataille de nos troupes et de nos bâtiments de ligne, l'emplacement des volontaires, des pièces d'artillerie, des renforts et des réserves. En bref, tout ce qui nous permettra de lutter contre l'invasion.

— Pourquoi me remet-on cet exemplaire?

— Lorsque le Premier ministre ou tout autre personne vous annoncera l'invasion, vous devrez briser le sceau de cette enveloppe et porter son contenu à la connaissance des membres du gouvernement. Comme nous redoutons des fuites, le comte St Vincent et lord Hobart ont décidé de n'informer les ministres qu'au dernier moment. Comme je vous l'ai déjà dit, il n'existe que trois exemplaires de ce document. Je vous en remets un. Entourez-le du secret le plus total, ne permettez à personne de le manipuler, et le moment venu, n'en faites état qu'en présence du gouvernement.

— Je comprends, milord. J'approuve entièrement ces dispositions, car je pense, tout comme Mr Pitt, qu'il y a un traître parmi nous.

— Je n'irai pas jusqu'à prétendre que la fuite se produit au niveau le plus élevé, mais on n'est jamais assez prudent. Je vous recommande donc à nouveau de n'ouvrir cette enveloppe *qu'après* le début de l'invasion.

— Je vous en donne ma parole.

— Où allez-vous la conserver?

— Parmi les papiers les plus précieux, au plus profond de ce coffre. Seuls, Mr Cuddington et moi-même disposons d'une clé.

– Dans ce cas, répondit le marquis, je me sens tout à fait rassuré. Ce document a été bien entendu établi dans le but de repousser l'invasion. Il est tout à fait essentiel que la position des bâtiments de ligne reste secrète jusqu'à l'heure de leur entrée en action.

– Je comprends parfaitement.

– En ce qui concerne les troupes, nous devons à n'importe quel prix empêcher toute infiltration derrière nos lignes de défense. Un désastre résulterait de la perte de ce document.

– Tant qu'il restera en ma possession, assura lord Hawkesbury, rien de tel ne se produira. De plus, je me porte garant de la loyauté de mon personnel. N'ai-je pas raison, Mr Cuddington?

Le sous-secrétaire d'État acquiesça de nouveau :

– Les employés de ce ministère ont longtemps servi sous mes ordres. Ils méritent notre confiance. En ce qui me concerne, je porte sur moi la clé de ce coffre. Personne ne me la prendra et je gage qu'il en ira de même pour vous.

– Bien sûr! Maintenant, je vais enfermer cette enveloppe en votre présence.

Lord Hawkesbury se leva, prit la clé dans sa poche et ouvrit le coffre scellé dans le mur, derrière son fauteuil. Il déposa l'enveloppe à l'intérieur, repoussa la lourde porte d'acier, la verrouilla et pria enfin Mr Cuddington de vérifier.

– Il n'est pas d'exemple qu'un coffre de ce type ait été forcé, remarqua Mr Cuddington.

– Vous m'en voyez rassuré, dit le marquis. Messieurs, je vous salue. Vous ne me trouverez plus dans mon bureau aujourd'hui. Différentes conférences m'obligent à m'absenter.

Lord Hawkesbury leva les yeux vers la pendule.

— En ce qui me concerne, je dois rejoindre la Chambre des Lords. Monsieur le sous-secrétaire, je le regrette infiniment, mais les problèmes sur lesquels je souhaitais vous consulter devront attendre. Je ne regagnerai probablement pas mon bureau avant demain. Cet après-midi, je dois rencontrer le Premier ministre, ainsi que plusieurs autres personnes. Je rentrerai directement chez moi, longtemps après. Je présume que vous ferez de même. Mais je laisse le Ministère en de bonnes mains...

— Je ferai de mon mieux pour résoudre les difficultés qui pourraient survenir, assura Mr Cuddington avec servilité.

Le marquis prit congé. Le secrétaire d'État s'attarda quelques minutes à rassembler quelques papiers, puis, à son tour, partit. Au bas de l'escalier, il ordonna à son cocher de le conduire à la Chambre des Lords, mais en vue de Parliament Square, il se ravisa et se fit conduire chez le marquis à Berkeley Square.

Comme il s'y attendait, le marquis faisait son rapport au comte St Vincent et à lord Hobart. A l'entrée de lord Hawkesbury, les trois hommes levèrent leurs verres d'un seul mouvement.

— Il paraît que tout s'est déroulé selon le plan, dit le comte St Vincent.

— Alton a tenu son rôle à merveille, précisa lord Hawkesbury en pouffant de rire. Milord, si vous étiez sans emploi, vous pourriez toujours envisager de vous faire acteur!

— Vous ne vous en êtes pas mal tiré non plus, assura le marquis. Mais gardons-nous de trop espérer. Il faut encore que « le rat succombe à la tentation du morceau de fromage »!

— Je n'arrive pas à me persuader de la culpabilité de Cuddington! dit lord Hawkesbury d'un air rêveur. Je n'ai jamais apprécié cet homme, c'est vrai, mais son intelligence m'en a toujours imposé.

— Ces parvenus ne changeront jamais, remarqua lord Hobart. Ils s'élèvent à une vitesse vertigineuse, mais cette rapidité les grise! Le pouvoir, non seulement corrompt, mais encore enfle ceux qui n'y ont pas été familiarisés par une éducation appropriée.

— En d'autres termes, les parvenus ont la digestion difficile, railla le comte St Vincent. Mais grâce au ciel, Alton, vous n'avez pas découvert de traître à l'Amirauté! C'eût été une humiliation dont la Marine ne se serait jamais relevée.

— Ne versez pas du sel sur mes plaies, dit lord Hawkesbury. Quand je pense à tous les documents que ce porc a consultés, à toutes les confidences que je lui ai faites de bonne foi, ma tête vacille!

— Ne vous reprochez rien, fit le marquis. Cuddington porte seul la responsabilité de ce que vous lui reprochez. Pour l'heure, efforçons-nous surtout d'éviter le scandale.

— Excellente idée! s'exclama lord Hobart. Une indiscrétion porterait gravement atteinte au moral des troupes. Nos hommes mal entraînés, souvent armés de façon fort inadéquate, n'ont nullement besoin de savoir, avant de partir au combat, qu'un fonctionnaire haut placé a tenté de les poignarder dans le dos!

— Tout à fait d'accord, approuva le comte St Vincent. Etouffons cette affaire. Nul doute que nous convaincrons de cette nécessité tous ceux qui, inévitablement, en auront connaissance.

— Pourvu que mon plan réussisse! s'écria le marquis. Lord Hobart, avez-vous fait placer un détachement de cavalerie sur chaque route?

— Sur les routes de Portsmouth, Brighton, Douvres et Wapping. Un officier sûr commande chaque détachement. Celui qui appréhendera notre homme ne s'en vantera pas.

— Et s'il nous échappe? demanda le marquis à l'intention du comte St Vincent.

— Dès l'aube, j'ai dépêché des messagers afin d'alerter l'Amiral responsable de nos ports. L'Amiral transmettra aux gardes-côtes l'ordre de contrôler tous les mouvements de bateaux. Même si ce chien ne parvenait pas à la côte, je saurais dans quel bateau il se proposait de quitter le pays, devrais-je pour cela faire donner le fouet à tous les matelots de la Marine de Guerre!

— Rien ne permet de penser que la Marine de Guerre soit compromise. Vous n'ignorez pas, milord, qu'au milieu de la Manche les bateaux de commerce de différents pays échangent leurs pavillons.

— Le bateau de commerce compromis ne naviguera plus!

— Et maintenant, messieurs, proposa le marquis, oublions nos soucis et notre anxiété. A quoi bon nous tracasser, alors que notre plan se déroule au mieux et qu'il nous suffit d'attendre. Que diriez-vous d'une partie de cartes?

— Alton, remarqua lord Hawkesbury, vous avez des nerfs d'acier! Décidément, rien au monde ne saurait vous émouvoir.

— Vous me flattez, milord. Je vous assure qu'en ce moment je suis en ébullition.

— Mais vous ne le montrez pas!

Le marquis donna un coup de sonnette et,

aussitôt, apparurent deux domestiques. L'un portait une table à jouer, l'autre une copieuse collation.

– Hélas! Hélas! gémit le comte St Vincent, je n'ai guère d'appétit en ce moment!

Mais ses amis firent honneur aux sandwiches, aux pâtés de porc et d'alouette, ainsi qu'aux tranches de hure de sanglier.

Ensuite, on joua aux cartes, paisiblement, avec le minimum de mots. Si paisiblement que, pendant deux heures, seuls le bruit des cartes battues par des mains expertes et le son des guinées résonnant sur la table troublèrent le silence du salon.

Mais soudain, un concert de voix s'éleva du vestibule. Le marquis se leva d'un bond et alla ouvrir. Un petit homme en haillons discutait avec les laquais.

– Entre, Jeb, dit le marquis.

L'homme obéit. Presque nain, le nez brisé, il paraissait grotesque. Mais ses yeux brillaient de ruse.

– Il a filé! commença-t-il, après que le marquis eut refermé la porte.

– Ah! firent trois voix à l'unisson.

– Des détails, vite! ordonna le marquis.

– J'ai fait comme vous avez dit, milord, poursuivit Jeb en triturant son chapeau. Je me suis tenu tout près des marches et j'ai vu Mr Cuddington arriver dans sa voiture. Je pensais qu'il allait la garder, mais pas du tout, il a renvoyé le cocher. Ensuite, il est entré. Trouvant cela bizarre, j'ai regardé à droite et à gauche, car je me disais qu'il lui fallait bien une voiture pour filer. C'est alors que j'ai aperçu sous les arbres Bill Daws et sa fameuse calèche!

– Qui est Bill Daws? demanda lord Hobart.

— Le détenteur du record de vitesse entre Londres et Brighton, expliqua le marquis. Sans conteste possible, il est le meilleur cocher du pays. Continuez, Jeb.

— Je connais Bill. Aussi je me suis approché de lui et je lui ai dit comme ça : « T'as là de bien jolies bêtes! Quel record veux-tu battre aujourd'hui? » – « Le mien! » qu'il me fait. – « Voudrais bien voir ça! que je lui réponds. Son Altesse Royale fait Londres-Brighton en quatre heures trente minutes et toi en quatre heures vingt. Tu ne vas quand même pas en remontrer à Son Altesse! » – « S'agit pas de ça », qu'il me fait. « Le mois dernier, j'ai fait Londres-Douvres en trois heures vingt-cinq minutes. Si j'peux pas enlever dix minutes de là, je vends mes deux bourrins comme viande de boucherie! » – « Moi, j'en doute pas », qu'je lui ai dit. « T'as pas ton pareil pour leur faire avaler les milles, à tes chevaux! » Il a souri et il allait sans doute me balancer une pièce quand on l'a appelé, et fouette cocher!

— Douvres! Ainsi, Cuddington est parti pour Douvres! s'exclama le comte St Vincent. Où ira-t-il ensuite?

— Je pense que Jeb n'a pas fini, intervint le marquis.

— Non, milord. Pour bien m'assurer qu'ils ne changeraient pas de direction, je me suis installé entre les roues. Pas une position très commode pour voyager, je vous l'assure. Mais ce qui me soutenait, c'était la récompense de Sa Seigneurie.

— Termine d'abord ton récit. Ainsi, tu as vérifié qu'ils prenaient la route de Douvres?

— Oui, milord. Ils y seraient arrivés plus tôt si la calèche ne s'était pas arrêtée à Chelsea pour prendre une dame.

– A Chelsea? explosa le marquis.

– Oui, milord. Ça m'a fait le même effet, à moi aussi. Bref, Bill s'est rangé devant une maison de Queen's Walk. Sa Seigneurie a sauté à terre et j'en ai fait autant.

– Et ensuite? demanda le marquis d'une voix sinistre.

– Elle est sortie quelques secondes après. Une dame très élégante...

– L'a-t-elle suivi de son plein gré?

– Et comment! Je l'ai vue comme je vous vois. Elle portait une cape bleue. Capuchon rabattu sur les yeux, elle a descendu l'escalier quatre à quatre.

– Sans protester? Sans crier?

– Que je meure sur place, si je ne dis pas la vérité! Elle a traversé le trottoir en courant et sauté dans la calèche.

– Sans dire un mot?

– Sur ma vie, milord!

Le marquis semblait pétrifié. Un silence pesant s'ensuivit. Jeb le rompit le premier :

– ... A Sa Seigneurie, rien, mais à la vieille, elle a dit quelque chose.

– Quoi donc? Dis-le-moi exactement, sinon!...

– Quand elle est apparue sur le seuil, à l'instant où la voiture allait partir, elle a crié, je me rappelle bien : « Ne t'inquiète pas pour Clyde, (ouais... c'est bien ce nom) il n'est pas aussi gravement blessé que nous le craignons. » Exactement les paroles qu'elle a prononcées, milord.

– Voilà comment il l'a persuadée!

Le marquis ouvrit toute grande la porte et s'avança dans le hall :

– Qu'on selle sur-le-champ mon plus rapide cheval! Mer... non, Thunderer! Qu'on lance ensuite à ma rencontre une voiture à quatre chevaux sur la route de Douvres. Moi, je foncerai à travers la campagne!

Un laquais courait déjà vers les écuries.

Le marquis revint dans le salon, jeta une bourse à Jeb, puis sortit d'une boîte deux pistolets de duel dont il vérifia le fonctionnement.

Ses trois amis ouvraient de grands yeux.

— Qu'allez-vous faire, Alton? demanda Lord Hobart.

— Tuer cette vermine!

— Ce en quoi je vous approuve.

— Moi aussi, ajouta le comte St Vincent.

— Prenez garde, Alton, recommanda lord Hawkesbury. Rien n'est plus dangereux qu'un rat pris au piège!

Mais le marquis était déjà parti...

★

Sylvina était si heureuse qu'il lui avait fallu du temps pour remarquer le silence de son frère. Pourtant, sur le chemin du retour, il avait sans cesse parlé du marquis, professé son admiration pour lui et proclamé son intention de l'imiter en tout point.

— Sylvina, as-tu remarqué la coupe de son habit? Je découvrirai s'il se fait habiller chez Weston ou chez Stultz. Pas le moindre pli! A croire qu'on l'avait moulé dans ses vêtements! Il se conduit pourtant sans affectation. Et ses cravates! Si l'une des miennes approchait seulement l'élégance des siennes, je mourrais content...

Sylvina s'était amusée de ses propos et réjouie de constater que son frère avait trouvé un héros.

— Si tu le voyais monter à cheval! Il semble faire corps avec la bête. Ça, c'est un cavalier! On dit qu'il fait tourner un attelage à quatre comme pas un!

Les paroles de Clyde trouvaient un écho très particulier dans le cœur de Sylvina.

Oh! Justin! Justin! Je t'aime! pensait-elle en secret. Je t'ai retrouvé! Rien ne m'importe que toi!

Le marquis avait déposé un baiser au creux de ses mains, avec mission de garder son cœur jusqu'à son retour. Quelle douce mission!

Sylvina s'en acquitta si volontiers qu'elle dormit fort mal, car toute la nuit, elle voulait retrouver au creux de sa main la douceur des lèvres du marquis.

Mais le lendemain, hélas! Clyde arborait une mine des plus sinistres.

— Qu'y a-t-il, mon frère? As-tu mal dormi?

Clyde se leva et alla se planter devant la fenêtre :

— Toute la nuit, je me suis reproché ma conduite de lâche! Il n'est pas bien qu'un homme s'abrite derrière une femme!

— Mais, Clyde...

— J'ai pris ma décision. Je vais faire ce que le marquis ferait à ma place! Je vais décharger ma conscience. Advienne que pourra!

— Clyde, je suis fière de toi!

— Il n'y a vraiment pas de quoi! Ma décision vient bien tardivement. C'est à Alton Park que j'ai pris conscience du fossé qui sépare le marquis d'un porc comme Cuddington! Il ne me mènera plus par le bout du nez! Ah! comme nos parents auraient eu honte de moi!

— Je tremble pour toi, Clyde...

— Je meurs de honte!

Et sur ces propos, il était parti vers son bureau.

L'intervention de Mr Cuddington eut lieu deux heures plus tard environ. La porte s'était ouverte en coup de vent.

– Vous? s'était écriée Sylvina.

– Venez vite! Un terrible accident! Clyde est blessé. Il vous réclame.

– Blessé? Comment cela?

– Je vous le raconterai en route. Mettez vite un manteau. Je suis venu en voiture découverte.

A la porte, Bessie avait couvert les épaules de Sylvina d'une cape bleue, la première à portée de sa main.

– Au revoir, Bessie. Espérons que Clyde n'est pas aussi gravement blessé que nous le craignons.

Ensuite, elle n'avait ouvert la bouche que pour s'étonner de voir la voiture prendre la direction de la campagne.

– Où allons-nous? Clyde s'est rendu à Whitehall!

– Je puis maintenant vous rassurer. Il se porte très bien. Il travaille paisiblement dans son bureau.

– Pardon? Que fais-je ici, dans ce cas?

– Vous m'accompagnez.

– Où cela?

– En France.

– En France? Êtes-vous devenu fou? Nous sommes en guerre!

– Nous n'en traverserons pas moins la Manche.

– Pourquoi?

– Parce que je réserve au chef des Français des renseignements qui le combleront d'aise. A un point tel, ma chérie, que nous pouvons espérer devenir roi et reine d'Angleterre!

– Vous êtes... fou à lier!
– Pas du tout. Nous habiterons Buckingham Palace et je vous donnerai Alton Park comme résidence d'été.
– Mais, que je sache, Alton Park appartient au marquis!
– Il mourra, ainsi que tous les membres du gouvernement qui font obstacle à Napoléon Bonaparte!
– Je veux descendre! Puisque Clyde est sain et sauf, je n'ai rien à faire en votre compagnie. Allez, ordonnez au cocher d'arrêter ses bêtes!
– Vous rentrerez quand il me plaira et vous ne demeurerez plus dans cette misérable maison que vous venez de quitter. Finirez-vous par comprendre! Je serai l'homme le plus important d'Angleterre. Je représenterai Bonaparte. Il m'anoblira, m'élèvera au rang d'un roi! De toute façon, je serai puissant, très puissant! J'écraserai impitoyablement tous ceux qui m'ont méprisé, qui m'ont jugé brillant mais néanmoins indigne de leurs tables.
– Traître!
– Oui, je suis un traître! Mais un traître si habile qu'il a échappé à toutes les tentatives faites pour le démasquer. Dans très peu de temps, on connaîtra dans ce pays le prix du dédain!
– Et vous, vous paierez celui de la trahison. Mais au moins ne me mêlez pas à cette horreur! Je suis anglaise et fière de l'être. Auriez-vous l'outrecuidance de croire que je pourrais jamais vous regarder sans mépris?

Cuddington éclata d'un rire tonitruant et sans ménagement posa un bras sur l'épaule de Sylvina.

– Ainsi, vous me méprisez? Fort bien! Vous me

résisterez? Mieux encore! Mais je ferai de vous une épouse humble et soumise!

— Laissez-moi!

— Non! Vous allez me suivre en France et, peu après, dès notre retour en Angleterre, vous m'épouserez!

— Moi, épouser un traître? Vous n'y pensez pas! Je vous... hais!

Cuddington partit d'un nouvel éclat de rire, mais cette fois il n'alla pas jusqu'au terme de son hilarité. Il s'était par hasard retourné et ce qu'il venait de voir le frappa de stupeur...

— Non, non, murmura-t-il... Ce ne peut être... personne n'a pu découvrir si tôt...

— Qu'y a-t-il? demanda Sylvina.

Une petite étincelle d'espoir venait soudain de jaillir en elle. Cuddington roulait des yeux d'animal traqué.

— Le marquis vous a-t-il rendu visite ce matin? Qui diable a su que nous avions quitté Londres ensemble?

— Non. Non... je ne sais pas, répondit Sylvina.

Mais une étrange lueur courait dans son regard. Lorsque Cuddington se retourna de nouveau, elle se dressa sur le siège pour mieux voir derrière elle.

Ce qu'elle vit? Une image qu'elle avait appelée de tous ses vœux et de toutes ses prières, mais sans trop y croire : un cavalier galopant vers elle dans la poussière, un cavalier qu'elle reconnaissait sans peine à la largeur de ses épaules, l'inclinaison de son chapeau et sa façon de monter.

— Le marquis! s'écria-t-elle.

— Oui, le marquis, confirma Cuddington, Et seul!

Comme dans un mauvais rêve, Sylvina le vit

sortir un pistolet de sa poche et l'armer lentement.

– Qu'allez... vous... faire? cria-t-elle, désespérée, car elle connaissait déjà la réponse.

– Je vais le tuer! De toute façon, il était promis à une mort prochaine. Il ne fera que devancer les autres.

– Vous ne pouvez... pas... abattre... un homme... comme cela, de sang-froid!

– Que vous importe sa vie? Sans doute plus que je ne le crois. Si j'ai vu juste dans certaines de vos manigances, je n'éprouverai que plus de plaisir à tenir nue dans mes bras une femme pleurant la mort d'un aristocrate dégénéré abattu sur une grand-route.

– Vous êtes un être malfaisant... vous incarnez le mal, murmura Sylvina d'une voix tremblante, brisée. Je l'ai compris... dès votre première rencontre! Maintenant, vous vous révélez... tout simplement... comme le démon en personne!

Alors, tel le froid de glace envahissant le malheureux peu à peu étouffé par les tentacules d'une pieuvre, la terreur s'empara d'elle. Il lui sembla que son sang se figeait dans ses veines...

Elle venait de se rappeler sa prédiction. Devant ses yeux se reformait l'image du marquis gisant dans une mare de sang!

– Aidez-le. Seigneur! cria-t-elle. (Puis, à l'adresse de Cuddington :) Vous ne pouvez pas! Je vous supplie de l'épargner! Je me soumettrai à toutes vos volontés, mais de grâce, ne lui prenez pas la vie!

Pour toute réponse, Cuddington éclata d'un petit rire où transparaissait tout le plaisir que suscitaient en lui la souffrance de Sylvina et la perspective de tuer.

Le marquis se rapprochait de seconde en seconde.

Cuddington se tourna complètement, s'agenouilla sur la banquette, prit appui de la main gauche sur l'armature de la capote repliée; enfin, il leva son arme.

Le marquis n'offrait pas une cible facile. Comme il n'avait pas plu depuis une semaine, la poussière se soulevait en épais nuages qui, parfois, dissimulaient entièrement le cavalier et sa monture.

La distance entre le poursuivant et le fuyard diminuait à vue d'œil.

Certes, Bill Daw menait superbement ses bêtes, mais le marquis montait un pur-sang capable de rattraper les meilleurs étalons de n'importe quelle écurie.

Bientôt, pensa Sylvina, il se trouvera presque à la hauteur du cocher et lui intimera l'ordre d'arrêter.

Elle voulut crier, le mettre en garde, l'exhorter à la prudence, mais aucun son ne sortit de sa gorge nouée par l'angoisse.

Le martèlement des sabots du cheval du marquis s'amplifiait, le visage du cavalier apparaissait plus nettement malgré la poussière.

Cuddington se dressa sur ses genoux et, lentement, entreprit de pointer son arme.

Pour sauver l'homme qu'elle aimait, en une tentative désespérée, Sylvina se jeta sur le monstre et, de toutes ses forces, essaya de lui arracher le pistolet.

Bien entendu, elle n'y parvint pas, mais toute frêle qu'elle était, elle surprit Cuddington.

Il appuya sur la détente...

Mais la balle destinée à la poitrine du marquis ne fit que transpercer son chapeau.

L'écho de la détonation n'avait pas fini de mourir que le marquis, à son tour, tira.

Cuddington reçut la balle en plein cœur.

Il poussa un cri rauque, leva les bras au ciel, puis s'effondra à la renverse, pour finalement s'immobiliser sur le plancher de la calèche. Une tache de sang s'agrandissait sur sa chemise blanche.

Non sans difficultés, Bill Daw arrêta ses chevaux emballés.

Le marquis rejoignit l'attelage, puis le contourna pour se présenter du côté de Sylvina.

Très pâle et les yeux exorbités, la jeune fille, tassée dans un coin de la calèche, contemplait le cadavre. Le marquis mit pied à terre, passa les rênes autour d'une lanterne, ouvrit la portière et prit Sylvina dans ses bras.

– Tout est fini, ma chérie! Vous êtes en sécurité, maintenant!

Sylvina poussa un bref sanglot, puis appliqua sa tête contre l'épaule du marquis.

– J'ai eu si peur pour vous! murmura-t-elle.

– Sans vous, il m'aurait certainement tué, Sylvina.

Il la déposa sur le sol, mais elle ne voulut pas se séparer de lui.

Une troupe de cavaliers approchait. Quelques secondes plus tard, l'officier qui la commandait mit pied à terre et vint saluer le marquis.

– Major Wyndman. A vos ordres, milord.

– Freddie! s'exclama le marquis. Je n'aurais pu mieux souhaiter! Vous tombez à pic!

– Comme toujours, Justin, je vous retrouve au cœur du combat. Seigneur! Cela me rappelle le bon vieux temps où je volais à votre secours à la toute dernière extrémité.

– En l'occurrence, répondit le marquis, je m'en

suis tiré tout seul ce qui, vous en conviendrez, m'est arrivé bien souvent.

Le major Wyndman vit alors le cadavre :

— Du beau travail! Que dois-je faire du corps?

— Ecoutez-moi bien, Freddie. C'est très sérieux : vous trouverez dans une de ses poches une enveloppe scellée. Détruisez-la personnellement. Elle ne contient que des balivernes, mais bien exploitées, elles pourraient nuire. M'avez-vous compris?

— Bien sûr! Me prenez-vous pour un idiot, milord?

— Je vous prends pour un officier aussi fougueux que capable de discernement, autrement dit, pour l'homme qu'il me faut. Interrogez le cocher. Il vous dira où il conduisait ce porc qui se préparait à nous vendre à Bonaparte! Je suppose qu'en un point de la côte il y a un bateau qui se prépare à appareiller.

— La dame devait-elle faire partie du voyage?

— Oui.

— Vous souhaitez que ce bateau soit arraisonné, je suppose?

— Tout juste! Une fois de plus, Freddie, je dois reconnaître que vous comprenez vite. Dépêchez vos plus rapides cavaliers auprès des gardes-côtes ou des autorités maritimes les plus proches.

— Je me chargerai personnellement de cette mission. Pour rien au monde je ne voudrais manquer le spectacle!

— Pas question! Déléguez un subalterne. J'ai beaucoup mieux pour vous.

— Mais encore?

— Vous allez rapidement porter ce cadavre dans votre camp. Là, vous le recouvrirez d'une couverture ou d'un drapeau, puis vous vous mettrez en quête d'un cercueil. Une fois le cercueil trouvé, faites-y placer le cadavre et clouez! Personne ne devra s'apercevoir que cet homme a été abattu. Compris, Freddie? Votre colonel dira au médecin major que le sous-secrétaire d'État aux Affaires étrangères est mort d'une embolie au cours d'une visite d'inspection. Le médecin major rédigera un acte de décès en conséquence et il ne vous restera plus qu'à escorter le cercueil jusqu'à Londres, où lui seront rendus les honneurs militaires. Par la suite... lord Hobart et lord Hawkesbury aviseront.

— Grand Dieu, Justin! Quel dramaturge vous feriez!

— Freddie, il est de la plus haute importance que le scandale n'atteigne pas le public. Vos hommes savent-ils tenir leur langue?

Le major Wyndman eut un sourire féroce.

— Ils connaissent le prix de l'indiscrétion!

— Je m'en remets donc à vous. Allons, faites diligence, Freddie. Plus tôt cette affaire sera terminée, mieux ce sera pour tous.

— C'est entendu.

Alors l'officier hasarda un coup d'œil en direction de Sylvina, toujours blottie contre le marquis.

— Une dernière chose, Wyndman : je vais éloigner cette dame de la scène du carnage. Mettez à ma disposition un homme pour s'occuper de mon cheval et me prévenir de l'arrivée de ma voiture, qui ne saurait se trouver bien loin maintenant.

— Je m'en occupe sur-le-champ. Au revoir, Justin... et mes meilleurs vœux!

Pour toute réponse, le marquis se contenta de sourire.

Il prit Sylvina dans ses bras et la transporta

délicatement à quelques pas de là, dans le bois dont les grands arbres faisaient de l'ombre à l'occupant immobile de la voiture.

— Le cauchemar est fini, ma chérie. Désormais, vous ne connaîtrez plus la peur. Ogres et dragons ont disparu à jamais!

— Donc, je suis... libre, dit Sylvina, avec encore une trace d'hésitation dans la voix.

— Non, car je ne vous laisserai plus partir.

Sylvina se pelotonna dans les bras du marquis.

— Ma chérie, poursuivit-il, j'ai eu si peur pour vous! Un moment, j'ai douté de pouvoir vous sauver...

— Il... il aurait pu vous tuer... murmura Sylvina.

— Ne parlons plus de cet ignoble individu! La seule chose qui m'intéresse vraiment est celle-ci : acceptez-vous de m'épouser? Ce soir? Demain? Je ne saurais attendre davantage.

Sylvina eut un frisson de bonheur qui fit glisser sur l'herbe sa cape bleue... Sous la cape, elle portait la robe verte de leur première rencontre.

Submergé de bonheur, le marquis la serra contre lui de toute la force de sa passion.

— Je meurs d'impatience, Sylvina.

— Je veux... vous appartenir... Justin. Je le veux... plus que tout au monde... Mais vous êtes un personnage si... important... que j'ai peur de vous perdre!

Lorsqu'elle baissa la tête, le marquis lui caressa les cheveux du bout des doigts...

Existe-t-il une seule femme, se demanda-t-il, qui considère mon rang et mes richesses comme un obstacle à son bonheur?

— Vous ne me perdrez jamais, Sylvina. Ce que

je vais vous suggérer me paraît de nature à vous rassurer : voyez-vous, j'ai achevé la tâche que m'a confiée Mr Pitt. Je peux donc, avec honneur, résilier mes fonctions au Ministère des Affaires étrangères. Mais la guerre sera longue et difficile. Aussi, je voudrais me consacrer à une tâche essentielle à la victoire, à pourvoir les services de l'intendance. (Il s'interrompit quelques secondes, puis d'une voix très tendre, reprit :) Vous plairait-il d'aider un fermier du nom de Justin à mettre en culture deux mille acres d'Alton Park? Nous mènerions à la campagne une vie rude, mais saine, parmi les chiens, les chevaux et peut-être bientôt... nos enfants.

Sylvina prit une longue inspiration et leva les yeux.

– Sir Justin! s'exclama-t-elle, radieuse, vous moquez-vous de moi?

– Une seule chose pourrait s'opposer à mes projets.

– Quoi donc, Justin?

– Votre indifférence à mon égard! Vous rendez-vous compte, ma chérie, que vous avez prétendu me haïr, puis que vous m'avez exprimé votre reconnaissance, mais jamais vous ne m'avez déclaré votre amour?

Sylvina entrouvrit les lèvres. Un bonheur sans mélange illuminait ses yeux immenses.

Jamais le marquis ne l'avait vue si belle.

Il sentit qu'il allait céder à la force irrésistible et mystérieuse qui les avait unis dans le parc, quelques jours auparavant...

– Justin, Justin! Entendez-vous?

Du plus profond de la forêt s'élevait un chant d'oiseau.

– L'oiseau bleu! Il chante pour célébrer notre amour. J'en suis sûre!

Après tant d'épreuves et pourvu qu'il pût tenir dans ses bras la plus exquise des créatures, le marquis était disposé à croire à tout, même à l'existence de l'oiseau bleu!

– Sans doute, ma chérie, sans doute... L'oiseau qui chante en ce moment est l'oiseau bleu... Maintenant, dites-moi ce que je veux entendre.

– Je vous aime, Justin! Je vous aime plus que tout au monde!

Romans sentimentaux

Depuis les ouvrages de Delly, publiés au début du siècle, la littérature sentimentale a conquis un large public. Elle a pour auteur vedette chez J'ai lu la célèbre romancière anglaise Barbara Cartland, la Dame en rose, qui a écrit près de 300 romans du genre. À ses côtés, J'ai lu présente des auteurs spécialisés dans le roman historique, Anne et Serge Golon avec la série des Angélique, Juliette Benzoni, des écrivains américains qui savent faire revivre toute la violence de leur pays (Kathleen Woodiwiss, Rosemary Rogers, Janet Dailey), ou des auteurs de récits contemporains qui mettent à nu le cœur et ses passions, tels que Theresa Charles ou Marie-Anne Desmarest.

BÉARN Gaston & Myriam de	**L'or de Brice Bartrès**	2514/4*
BENZONI Juliette	**Marianne**	601/4* & 602/4*
	Un aussi long chemin	1872/4*
	Le Gerfaut :	
	- Le Gerfaut	2206/6*
	- Un collier pour le diable	2207/6*
	- Le Trésor	2208/5*
	- Haute-Savane	2209/5*
CARTLAND Barbara	**Les seigneurs de la côte**	920/2*
	Le secret de Sylvina	1032/2*
	La splendeur de Ventura	1155/2*
	Les deux cousines	1384/3*
	Le port du bonheur	1522/2*
	Un amour imprévu	1538/2*
	L'ingénue criminelle	1553/2*
	La fiancée pour rire	1554/2*
	Un souhait d'amour	1792/2*
	Thérésa et le tigre	1912/2*
	Pour l'amour d'un roi	1913/2*
	La force d'une passion	1990/2*
	La princesse oubliée	1991/2*
	Le marquis et l'ingénue	2068/2*
	Prise au piège	2082/2*
	L'amour retrouvé	2130/2*
	Le baiser devant le Sphinx	2217/2*
	Loin de l'amour	2243/2*
	Le secret de l'Écossais	2257/2*
	La gondole d'or	2286/2*
	Toujours plus haut l'amour	2301/2*
	Le chemin de l'amour	2318/2*
	Le secret d'Anouchka	2335/2*
	Le signe de l'amour	2349/2*

Romans sentimentaux

	Un cœur triomphant 2384/**2**★
	La perfection de l'amour 2401/**2**★
	La rivière de l'amour 2418/**2**★
	L'ombre du péché 2428/**2**★
	L'irrésistible charme d'Helga 2429/**2**★
	La magie de l'amour 2446/**2**★
	Le jardin de l'amour 2447/**2**★
	De l'enfer au paradis 2464/**2**★
	Dans les bras de l'amour 2465/**2**★
	Un été indien 2479/**2**★
	L'amour se joue des sortilèges 2480/**2**★
	Le château du bonheur 2515/**2**★
	La trahison diabolique 2516/**2**★
	A la découverte du paradis 2531/**2**★
	Le secret surpris 2532/**2**★
	Duel pour l'amour 2547/**2**★
	Évasion pour le bonheur 2548/**2**★
	Princesse rebelle 2567/**2**★
	La demoiselle en détresse 2568/**2**★
	Au secours mon amour 2588/**2**★ (mai 89)
	Le prince russe 2589/**2**★ (mai 89)
	Un mariage improvisé 2605/**2**★ (juin 89)
	La déesse de l'amour 2606/**2**★ (juin 89)
CHARLES Theresa	*Le chirurgien de Saint-Chad* 873/**3**★
	Inez, infirmière de Saint-Chad 874/**3**★
	Un amour à Saint-Chad 945/**3**★
	Crise à Saint-Chad 994/**2**★
	Lune de miel à Saint-Chad 1112/**2**★
	Thea 1873/**4**★
COOKSON Catherine	*L'orpheline* 1886/**5**★
	L'homme qui pleurait 2048/**4**★
	Le mariage de Tilly 2219/**4**★
	Le destin de Tilly Trotter 2273/**3**★
	Le long corridor 2334/**3**★
	La passion de Christine Winter 2403/**3**★
	L'éveil à l'amour 2587/**4**★ (mai 89)
COSCARELLI Kate	*Destins de femmes* 2039/**4**★
DAILEY Janet	*Le cavalier de l'aurore* 1701/**4**★
	La Texane 1777/**4**★
	Le mal-aimé 1900/**4**★
	Les ailes d'argent 2258/**5**★
	Pour l'honneur de Hannah Wade 2366/**3**★
	Le triomphe de l'amour 2430/**5**★
	Les grandes solitudes 2566/**6**★

Impression Brodard et Taupin
à La Flèche (Sarthe) le 28 avril 1989
6828A-5 Dépôt légal avril 1989
ISBN 2-277-21032-3
1er dépôt légal dans la collection : fév. 1980
Imprimé en France
Editions J'ai lu
27, rue Cassette, 75006 Paris
diffusion France et étranger : Flammarion